古代中国の
語り物と説話集
高橋稔 著
東方書店

序

　始めに本書の紹介する「中国の語り物」の定義を明確にしておかなければならない。「語り物」という日本語には、広義と狭義の両用の使い方があるからである。中国古典の中から例を拾えば、六朝時代の「捜神記《そうしんき》」や「幽明録《ゆうめいろく》」などに収められた、一般に「志怪」と呼ばれる短い話の中にも広義の「語り物」はたくさん含まれているのだが、それらは言わば中国古代の伝承説話に分類されるべきもので、語りの行なわれる場所や語る人間には、特に制約がない。どんな場所で誰が語ってもよい伝説や昔話などがその主要な要素であった。これが言うならば中国古代における広義の「語り物」と言えるであろう。それに対して、鍛え抜かれて充分に洗練された語りの技芸を身に付けた者だけに許される「語り物」があり、これが言うならば狭義の「語り物」である。つまり、これは一般に語り物芸人と呼ばれる職業人の語る語り物芸を言うのだが、その洗練された技芸に憧れて芸人の芸を素人が真似る場合も多く、そのような素人芸もこの狭義の「語り物」の中に含まれる。その場合、その素人の語る「語り物」が伝説・昔話など広義の「語り物」とどこで区別されるかと言えば、伝説・昔話などは語られる話の内容や性格に注目して分類される場合の呼称であり、狭義の「語り物」は、語りの技芸を分類の要とするものである。

　中国古代の文芸作品の中では、前述のように広義の「語り物」の紹介はあるが、狭義の「語り物」に関する紹介はまだない。話そのものの紹介は容易だが、技芸を主とする話の紹介法はまだ開発されていないからである。そこで、本書の第一章では、試みに六朝時代以前の古い中国の古典資料の中から、間違いなく中国古代の語り物を記しているという保証の取れる文章数編を選んで、できるだけその語りのリズムを感じ取れるように工夫して翻訳紹介することにした。

一方、前述の「捜神記」や「幽明録」等の広義の語り物の記録の方は、早くも三世紀中ごろ、民間に広く語られていた話を拾い集めて系統別に要約しまとめる方法が開発されていた。その初めが「列異伝《れついでん》」なのである。しかし、「列異伝」は、「捜神記」を生み落とすとかなり早期に後進にあとを譲って親の立場からは身を引いたものと思われる。それは短命に終わった魏朝と運命を共にした。今日見られる二十巻本「捜神記」中には魏朝を忌避する幾つかの話が見え、「列異伝」中の話を採りながらも全体としては換骨奪胎して、歴史家干宝の立場から編纂し直されたようである（現在見られる「列異伝」の逸文五〇種中一九種が「捜神記」の話と共通している）。

「隋書経籍志」には「列異伝三巻魏文帝撰」とあり、以降の歴代の書誌はそれを受けて同様に記しているが、「列異伝」の逸文中には文帝死後の年号が都合四箇所にわたって見え、その中で最も遅い「甘露」は、実に文帝の没後三〇年後に立てられた年号である。歴代の書誌に見える「魏文帝撰」が事実とすれば、文帝が生前「列異伝」編纂の勅命を発して、程なく崩じ、その後勅命を受けた臣下が仕事を引き継ぎながら編纂に当たり、三〇年以上の歳月をかけて完成したと考えなければならない。それだけの時間をかけて完成した結果がわずか三巻と少ないので、これを後の「捜神記」三〇巻、「幽明録」二〇巻等と比べれば、奉勅撰としてはあまりにも小さ過ぎる規模であり、「魏文帝仮託説」が生まれるのも無理からぬ事ではある。しかし、社会の最下層にいる一般民衆までを含めて伝承者の内に見込む、いわゆる伝承説話に記録に残す価値を認め、伝説や昔話の形で伝えられている伝承説話を広く採集して志怪集を作る試みは、中国において開闢以来初めての企画であり、枯朽した文化の流れを断ち切って、全く新しい文化の新機軸を打ち立てる革新的気運の下で初めて実現可能な事と言える。「列異伝」出現の条件をこのように考えてみれば、後漢末三国時代において、その企画者として、「文章は経国の大業不朽の盛事なり」と唱えた魏文帝が選ばれるのは当然と考えられるのである。しかし、その始めに立てられた企画を実行に移す段階では、相当な時間と労力が要求されたはずである。全国各地から実際に伝承されている説話を採集し、それを標準語の見やすい文章にしてまとめなければならないのである。そして何よりも、始めにはそのできあがりのイメージが要求されたはずだが、一方に勅撰類書「皇覧」一二〇巻が編纂されているのを考え合わせると、文帝の脳裏にあったのは恐らく説話スタイルの話ばかりを集めた類書ではなかったかと思われるのである。「列異伝」の原本はすでに散逸しており、現在見られるのは、魯迅が各種の文献から逸文を集め「古小説鉤沈」に収めた五〇種のみで、極めて少ないが、それでも各話の主題を分類すれば、多岐に分かれており無作為に集めたであろう採集の様子がうかがえる。

無作為に集められるだけの説話を採集してそれを検索に便利なように、主題別に分類し、事項別に区分けして編纂する。そうしてできるものは話ばかりを集めた類書であった。

新王朝の始めに実施される文化政策の一環として行なわれる大規模な勅撰類書の編纂例は、中国の歴史を辿っても先にはなく、後になれば、北宋の始めに「太平御覧」一〇〇〇巻と話ばかりを集めた類書「太平広記」五〇〇巻の編纂を見るが、「太平広記」の集めているものは、中国歴代の典籍中にある話を引用する形で集めたのであって、直接民間を巡り歩いて話を採取したわけではなかった。「太平広記」の引用書目には、春秋時代から北宋に至るまでの間に著された三四四の典籍の名が記されており、選ばれたそれらの著作中から話を選んで分類編集する作業は、全て動員された学者が宮中で行なったものであった。「列異伝」の編纂に当たって文帝のイメージしたものが、仮に「皇覧」一二〇巻に見合った話ばかりを集めた類書だったとすれば、編纂の条件は「太平広記」の場合とは全く違っていたはずである。父親の衣鉢を継いで民衆の中に文化を刷新すべき新しいエネルギーを求めようとした魏文帝は、民衆の伝承するファンタジーにそれを見出したと思われる。そこに生まれたのが「列士伝」でも「列女伝」でもない「列異伝」であった。従って、「列異伝」の材料は、既成の書物から得られるのではなく、広く民衆の中に求められるべきものであった。それ故、「列異伝」の編纂は、後に建安文学と呼ばれるようになる革新的文化運動の基底をなす重要な事業だったのである。

しかし、そのようにして為政者が上部から働きかけて民間文化を吸い上げる運動を起こしても、六朝当時の社会では、一般民衆はまだ農民として土地に縛り付けられている者が圧倒的に多く、商業は庶民文化を向上させるほど盛んではなかった。そのため、語り物芸人が民間伝承に取材して語りを行なう場合にも、芸人個人が自分の聞き知った話を元にして脚色していたのであり、仮に当時の語り物芸人の中にたまたま字の読める者がいて、その芸人が「列異伝」を語りの種本に用いていたとしても、宋代の随筆、例えば羅燁《らよう》の「酔翁談録《すいおうだんろく》」のように、語り物芸人が修行時代から「太平広記」を習い覚えて、語りの種本として使っていた事を記したような裏付け資料を、「列異伝」に関しては得られないし、当時演じられていた語り物の記録も極めて少ないが、残された数少ない作品を志怪の話に突き合わせて比較すれば、志怪と語り物との関係は十分にうかがうことができる。

以上のような理由から、先に記す狭義の語り物を生み出した母体とも言うべき広義の語り物の代表として「列異伝」の話五〇種を選び、かろうじて残された逸文の記録を元に、他の資料との関係を辿り、できるだけ「列異伝」の原形のイメージに近づけて、ひとまず広狭両側面から中国六朝時代の語りの世界を垣間見たいと考える。

先に「列異伝」の後に出た「話ばかりを集めた勅撰類書」の例として北宋「太平広記」の名を出したが、なぜ隋唐を飛ばさなければならなかったかという問題については十分な説明を要するはずである。そのため、第三章として「隋唐代における語り物と小説との関係」という一章を立て、隋唐代になぜ「話ばかりを集めた勅撰類書」ができなかったかという問題を私なりに考え説明することにした。

著者記す

二〇一七年八月吉日

目次

古代中国の語り物と説話集

第一章　古代中国の語り物三種

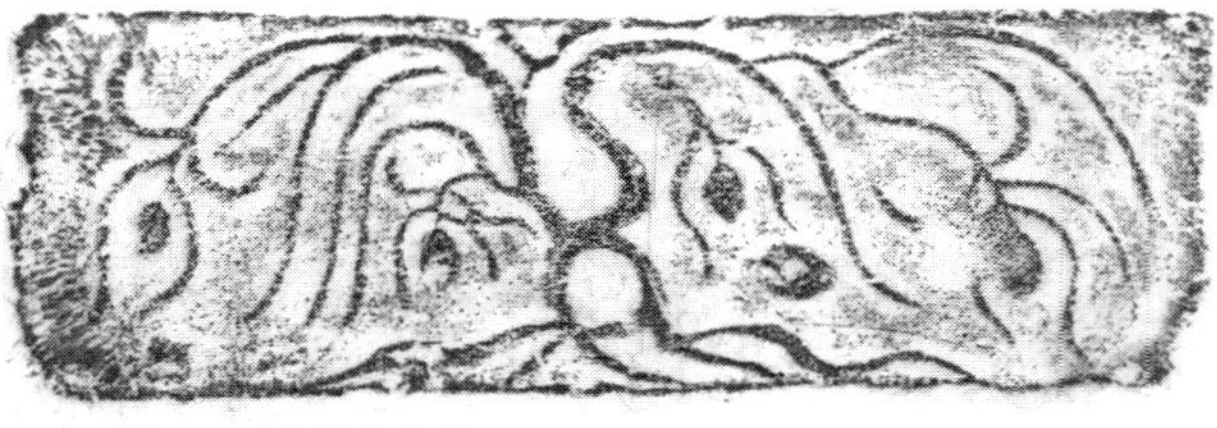

連理樹　四川徳陽市出土

一、本章の読み方について一言

本章では六朝時代以前の古代中国の語り物三種を選んで翻訳紹介する。そのため、訳文を先に掲げるのは当然の処置だが、序にも述べたように、本章の眼目とする所は、「語り」の技芸を売り物にする「語り物」の紹介である。そのため、特殊な処置として、対訳形式を取り、訳文の当該箇所の原文を下に記すことにした。

中国語を学んだ者ならば周知の事だが、現在日本語の二音節で読まれている字まで含めて、中国から発祥した漢字は全て元々一字一音節で発音されたものなのである。そして元々漢字の一字は一つの意味を表す言葉として作られたものだったから、中国の言語の特徴を「一字《いちじ》、一義《いちぎ》、一音節《いちおんせつ》」という標語で表すこともよく行なわれる。

実を言えば、我々が中国の古い文献資料の中から「語り物」作品を選び出す時にも、この言語の特徴を利用しているのである。つまり、「一字」が「一音節」で発音されるために、語りの口調の区切りは、そのまま文の句切りになって表されるのである。従って、句読で句切られた「語り物」の文章を見れば、語りの旋律までは知られないにしても、語りのリズムを知ることはできるのである。

しかし、語りの技芸が声で伝えられるものである限り、実際に語りの声を聞くことのできない中国古代の文章の中から「語り物」の記録を選び出すなどという事はできるはずがない。これは当然の事である。しかし、思いがけないことに、現代中国で実際に聞くことのできる「語り物」のリズムの特徴を、古い文献資料中の文の句切りに見出すことができるのである。無論、リズムは辿れるが旋律の全てを感じ取ることはできないという制約がある限り、「語り物」として拾い出される作品の文章の全てが間違いなく語られたという保証は取れない。しかし、作品の外部にその作品の語られていた事実を証明する外部資料が得られる場合には話は別である。

ここに紹介する三作品は、いずれもその文中に語りの特徴を留めていると同時に、それが語られた事実を証拠立てる外部資料の得られるものである。従って、その文章に残された語りのリズムに見られる特徴は、間違いなく語られたものである。訳文の下部に記された原文の句切り、即ち各句の字数は、そのまま語りの口調であるとして鑑賞して頂きたい。

二、中国最古の語り物

——春秋時代に語られた歴史語り——

春秋時代の各国の歴史物語を国別にまとめた「国語《こくご》」という本がある。孔子の著した「春秋」の外部にあって「春秋」に書かれていない各国の瑣末な内情まで物語の形で記されているので、「春秋《しゅんじゅう》外伝《がいでん》」の異名がある。著者は、左《さ》丘《きゅう》という者だと言う者もあれば、「春秋《しゅんじゅう》左氏伝《さしでん》」の著者左《さ》丘明《きゅうめい》だと言う者もある。この議論の元は、司馬遷が「太史《たいし》公自《こうじ》序《じょ》」に書いた「左丘失明、厥有國語。（左丘が失明して、国語が出来た。）」という言葉によるものなのだが、ここでは、司馬遷が四字句の対を作る意味もあって、「左丘明」の「明」をことさら切り離し、「明」を失ったと洒落たものと見ておく。

その「国語」の中に春秋時代の晋の歴史を書いた「晋語《しんご》」という巻があり、その中に晋の第十一代の国主である献公（在位は紀元前六七六年から前六五一年）の話があって、そこに当時の晋の史官であった史蘇《しそ》（史官の蘇）

という者が、晋国の政治に携わる大夫達の前で語ったという歴史語りの文章が記されている。これが恐らく中国最古の歴史語りの記録であろう。時代が古すぎて、この文体と共通するものを現在実際に行われている「語り物」作品の中に見出すことは不可能だが、前後の地の文とははっきり違う文体で記されており、書中劇中劇《げきちゅうげき》の形で語りの言葉として書かれているものである。そのような周囲の状況から見て、恐らくこれが中国最古の歴史語りであろうと推定するのである。

史蘇が大夫達の前でこの語りを行なった動機は、献公が異民族の驪族《りぞく》を討ち、驪族の王女であった驪姫《りき》を連れ帰り寵愛したことであり、やがては史蘇が危惧した通り、皇太子の申生《しんせい》は驪姫によって謀殺され、驪姫の生んだ奚斉《けいせい》が太子に立てられることになるのだが、それは後日のことであって、ここに見る史蘇の語りは、その成り行きを見通し国の行く末を気遣った史蘇が、敵国から迎えた女性のために国を滅ぼされた亡国の君主の例を列挙して大夫達に忠告するために行なった語りであった。

同じ「国語」の中にも、歴史を記憶して主君や大夫に対して諫言を行なう史官や瞽矇《こもう》（盲目の語り部）の行なった箴諫《しんかん》としての歴史語りがあるのだが、その文体については、まずこの史蘇の語りの文体を見てから後に補足することにする。

昔、夏《か》の桀王《けつおう》が有施氏《ゆうしし》を討った時、　昔夏桀伐有施
有施の人は妹喜《ばつき》を彼に娶《めあ》わせました　有施人以妹喜女焉
妹喜は王の寵愛を受けるようになり、　妹喜有寵

そこで、
（彼女の害毒は、夏を滅ぼすに当たって手柄を立てた殷の）
伊尹《いいん》と同様に働き
夏を滅ぼしました。

殷の紂王《ちゅうおう》は有蘇氏《ゆうそし》を討ちました。
すると有蘇氏は妲己《だっき》を彼に娶わせたのです。
妲己は王の寵愛を受けるようになり、
そこで、
（彼女の害毒は、殷を滅ぼすに当たって功績のあった）
膠鬲《こうれき》と同様に働き
殷を滅ぼしました

周の幽王は有褒氏《ゆうほうし》を討ちましたが、
褒の人は褒姒《ほうじ》を彼に娶わせました。
褒姒は王の寵愛を受けるようになり、
伯服《はくふく》を生みました。

於是乎
與伊尹比
而亡夏

殷辛伐有蘇
有蘇氏以妲己女焉
妲己有寵
於是乎
與膠鬲比
而亡殷

周幽王伐有褒
褒人以褒姒女焉
褒姒有寵
生伯服

そこで、　於是乎
（彼女の害毒は、周を滅ぼすために働いた）
虢石甫《かくせきほ》と同様に働き　與虢石甫比
太子宜臼《ぎきゅう》を追い出して　逐太子宜臼
伯服を皇太子の位に即けました。　而立伯服
太子宜臼は申《しん》の国に逃れ　太子出奔申
申の人と鄫《そう》の人は　申人鄫人
西戎の応援を頼んで周を討ちました。　召西戎以伐周
周はこうして滅びることになったのです。　周於是乎亡

作品中、夏の滅亡と殷の滅亡を語った部分は、長短句を交えながらも同じリズムを繰り返している事が分かる。周を語った部分は前二者よりも余分に言葉が足されているが、前二者の内容と比較すれば、ここにも基本的には同じリズムを感じ取ることができる。

この長短句の配置の様子から想像すれば、恐らく史蘇は、予め身に付けていた独得の語りの調子で語ったものと思われるのだが、その旋律を知ることはできない。しかし、先に触れたように、この語りを中国最古の「語り物」の記録と断定するためには、同じ時代に似たような状況の下で語られた異種の文章の事を論じておかなければならない。「国語」の中にも、臣下の者が主君に対して諫言を行なう場面がしばしばあり、その場面に記される諫言

の文句は、全文四字句を連ねて著されている。しかも、史官や瞽矇が行なった諫言の中には、歴史物語の要素が含まれている事が多いため、「語り物」と混同されやすいので特に注意を要する。

この箴諫の文章は、「国語」中では、「周語」の始めから現れ、以下頻出する文体なのだが、明らかに性質の違う物であるので、ここにその違いを明らかにしておきたいと思う。

先に掲げた史蘇の歴史語りのすぐ後に、史蘇が大夫達に向って忠告する言葉があり、そこに箴諫の文体が見られるので、その部分をここに引用する。

――箴諫の文体例――

今我が晋は天下に誇るべき徳もないのに、	今晉寡徳
王は虜《とりこ》にして来た敵の娘をおそばに置いて、	而安俘女
その上寵愛を深めておられる。	又增其寵
これは夏殷周三朝の末代の王とて、	雖當三季之王
できなかった事ではないですか。	亦不可乎
その上占いの卦にも出ています、	且其兆云
「内心は油断のならないものを持ちながら、	挾以銜骨
口先は巧妙である」と。	齒牙以猾

私が今度の驪戎《りじゅう》征伐を占うと、
亀甲《きっこう》は離散の形で
応えました。
そもそもこれは、
賊の兆です。
ここは我が家ではないということです。
国が離散すれば（彼女は）これを独り占めするでしょう。
この国を自分のものにする気がないなら、
二心を持つなどという事がありえますか。
我が君を籠絡《ろうらく》できなければ、
危険な心を潜《ひそ》ませることがありえますか。
もしこの国を我がものにし、
我が君を籠絡したなら、
彼女に巧い事を言われて、
誑《たぶら》かされたとしても、
誰が楯突くものですか。
我が諸侯が皆敵に従うことになれば、

我卜伐驪
龜往離散
以應我
夫若是
賊之兆也
非吾宅也
離則有之
不跨其國
可以挾乎
不得其君
能銜骨乎
若跨其國
而得其君
雖逢齒牙
以猾其中
誰云不從
諸夏從戎

非敗而何
これは敵に敗れたという事でしょう。

従政者不可以不戒
政治に携わる方々は用心なさらなければなりません。

亡無日矣
我が国の滅びるのも間もないでしょうから。

これは大夫達に対する忠告の言葉であって、主君に対する諫言とは少し性格が違うが、一句四字の句作りを主体とする形は箴諫の文と変わらない。中国古代の各国に仕える史官や瞽矇たちはこのような口調で諫言を行なっていたのである。無論彼らの諫言の内容には、記憶していた歴史語りも多かった。しかし、諫言には独得の口調があったはずであり、それは先に見た史蘇の歴史語りとは違う四音節を繰り返す堅いリズムで語られたはずである。

しかし、この忠告の文句に見る四字句の繰り返しで綴られる文体の用い方は、中国各代の歴史書の文体を比較して見る時、次第に変化している事が分かるので、この事について一言述べておきたい。

事の起こりは、史官と瞽矇の職掌が次第に変わった事である。史官の職章の性格が次第に記録官的な色彩を増して行くと共に、瞽矇の仕事は、史官の書いた文章を読んでもらって記憶し、必要に応じて諳《そら》んじて聴かせるものに変わって来る。

後漢の末、鄭玄《じょうげん》が「周礼《しゅらい》」春官・宗伯・小史の注に、「小史が文章を定め、瞽矇はそれを記憶し朗誦する」と書く時代になると、歴史書そのものが多く四字句を連ねた文体で著されるようになり、六朝・隋・唐を通じてこれが歴史書の文体の主流となった。

三、司馬遷の聞いた語り物

——刺客荊軻《けいか》の始皇暗殺の物語「燕丹子《えんたんし》」——

隋王朝の歴史を記録した「隋書《ずいしょ》」の「経籍志《けいせきし》」という書誌に、小説家という項目があり、その始めに「燕丹子」の名が記されている。それによると、どうやらこの本は元は梁王朝（五〇二～五三七）の書庫に蔵されていたものらしい。しかし、この書はその後、恐らく元明の頃にはすでに散逸しており、今日読まれるものでは、清の孫《そん》星衍《せいえん》が唐宋の古い書物の中から引用文を拾い集めて復元し、彼の「平津館叢書《へいしんかんそうしょ》」中に収めたものが最も原本に近いものである。

この本を「語り物」の記録として扱う理由は、その文中に「語り物」でなければ現れ得ない表現が見られるためなのだが、「史記」の「刺客列伝」の賛に、司馬遷が街で聴いた荊軻の始皇暗殺の「語り物」を批判しており、そこに記された文言《もんごん》が「燕丹子」の話の筋に一致する所から、この話は、司馬遷の在世した紀元前一世紀後半から前二世紀前半の頃にも語り物として語られていた事が分かるのである。

ことにこの作品を貴重とする理由は、その文中に非常に巧妙に工夫された語りの技法を見るからであり、その語り口がそのまま伝えられて、遥か後の敦煌《とんこう》出土の変文《へんぶん》資料中に、別な作品の語りに応用されて見られるからである。言うまでもなく、敦煌変文は、当時の語りをマニュスクリプトの形で伝えるものであるから、そこに同じ語りの技法が見られるという事は、梁代から計っても三百四五十年の間、梁の都のあった江南から敦煌まで約三千五百キロの時空を越えて同じ語り口が伝えられたということになる。これだけこの語り口が貴重とされた原因は、他に類例のない精巧な語りの工夫が聴衆の人気を集めていたからに他ならない。

ここで、この希少な事例を訳文中に埋もれさせる前に、その部分だけを抜き出して、両者を比較しながらその語りの工夫の様子を特筆しておきたいと思う。

「燕丹子」の冒頭近くに太子丹が秦王の課した難題を解いて、咸陽城《かんようじょう》から抜け出す場面がある。秦王は約束通り彼を送り出したが、悔しくてたまらず、途中の橋に仕掛けを作って、丹を落として殺そうとした。丹はその橋を渡ったが、橋が彼のために仕掛けを不発に終わらせてくれた。お蔭で丹は夜中に国境の関所まで逃げることができたが、関所の門はまだ開いていなかった。そこで丹は鶏の鳴き真似をした。つられてたくさんの鶏が鳴き出し、門が開いて丹はそのまま逃げ帰ることができた、というのが、その要所の筋である。次にこの部分の原文を記す。

秦王不得已、而遣之。爲機發之橋、欲陷丹。丹過之、橋爲不發。夜到關、關門未開。丹爲雞鳴、眾雞皆鳴、遂得逃歸。

(秦王はやむを得ず、彼を帰してやることにしたが、仕掛けを橋の上に作って、丹を落として殺そうとした。丹はそこを通り過ぎたが、橋は彼に同情して仕掛けを不発に終わらせた。夜中国境の関所まで来たが、関所の門はまだ開いていなかった。そこで、丹は鶏の鳴き真似をした。多くの鶏が皆鳴き出したので、そのまま逃げ帰ることができた。)

この文章が対句構成を意識して作られていることは、各句の字数を数えてもらえば容易に分かることである。

しかし、文章の中ほど、「丹過之」から「闕門未開」までの四句は、字数の上では「三字、四字。三字、四字。」の対になっているのだが、これは実に奇妙な対句である。対の前半二句は、城中から抜け出して橋を渡る場面、つまりまだ咸陽にいる場面の最後の二句であり、対の後半二句は、国境の関所に着いた場面、言うならばこれから秦を離れる場面で、この対句の前半と後半では、場面が大きく転換しているのである。通常の書き下ろし文の場合には、このように大きな場面の転換点を跨ぐような形で対句を置くことはしない。しかし、「語り物」の場合には話は別である。語りのリズムの都合で文の意味の区切りと語り口調の句切りがずれる場合があるのである。時に語り手は、それを意識的にずらす場合もある。この場合は、後に紹介する敦煌変文のケースと状況が共通する所から考えて、どうやら語り手は意識的に場面の転換点を繋ぐ形に続けて語っていたと思われる。しかも、この部分の工夫はそればかりではない。指摘した対句の最後の四字句「闕門未開」は、そのまま尻取り式に次の「丹爲雞鳴」と対をなし、孟嘗君を見習って逃げ帰るまでの四字句四句の対を作っているのである。この急な場面の転換と、一句を省略して語る尻取り形式の工夫は、主人公の切羽詰った急場を語るのに有効であったに違いない。

これと比較するために、併せて敦煌変文の例を見る。敦煌の変文資料の多くは、反古《ほご》の裏面を使った紙背文書《しはいもんじょ》で、標題を欠くものが多い。これもその一つで、話の内容が唐末の英雄張義《ちょうぎ》潮《ちょう》の話と知られる所から「張義潮変文」と名付けられているものである。

話の中に、吐蕃《とはん》との戦いの終わった場面があり、張義潮が勝つには勝ったが少数の精鋭を率いて敵地に深く入り込んでいるため、戦利品の馬や駱駝を戦場に残したまま根拠地の沙州に急ぎ引き揚げるという話がある。ここの急ぎの場面に、先に見た「燕丹子」の巧妙な句作りと共通する工夫が見られるのである。次にその場面の文を引く。

我軍大勝、疋騎不輸、遂即收兵、即望沙州而返。既至本軍、遂乃朝朝秣馬、日日練兵、以備兇奴、不曾暫暇。

（我が軍は大勝利を収めたが、捕獲した馬匹《ばひつ》の類は送るのを見合わせて、すぐに兵をまとめ、沙州に引き返すことにした。本軍に着いてからは、毎朝馬の世話をし、毎日兵を鍛えて、賊の襲来に備え、少しの暇もなかった。）

この語りでは、場面の転換点を跨ぐ形の対句は、三句目の「遂即收兵」から「遂乃朝朝秣馬」までの四句に見える。「四字、六字。四字、六字」の対句だが、この四句の前半は戦場から引き揚げる場面で、後半の二句は沙州についてからの場面である。そして、後半の最後の句は、「遂乃朝朝秣馬」の六字だが、この句の始めの二字「遂乃」は、文の繋ぎの虚辞と見られるから、文字面の上でも、「朝朝秣馬」の四字は、尻取り式に次の「日日練兵」と対をなしていると見られるであろう。一万頭もいたという戦利品の馬や駱駝を戦場に放置したまま急ぎ引き揚げる急場の語りは、相当な急テンポで語られたものだろうが、一句を省略して語られる尻取り式の対句構成は早口の語り口調を引き立てて効果があったものと思われる。醒木《シンムー》で卓を叩き声を張り上げて早口に語る講釈師の得意げな様子が思い浮かべられる場面である。

やがて後に紹介する「不幸に死んだ夫婦の物語」の語り方と比べれば、語り方の違いは文面にはっきり現れているが、「燕丹子」や「張義潮」の語りは、後世「講史《こうし》」と呼ばれるようになる歴史語りで、我が国の講談に当たるものである。そのため、作品中で、語り方は幾様にも変化する。これも対訳形式に訳文の下部に原文を示すので、句作りの変化を各句の字数の変化で辿って頂きたい。

上巻

燕の太子丹は人質《ひとじち》として秦に預けられていたが
秦王は彼を大変無礼に扱った
丹は不本意なので帰国させてもらおうとした
秦王は許さず口から出任《でまか》せに言った
烏に頭を白くさせ、馬に角を生やしたら
帰してやろう
丹が天を仰いで嘆くと
烏がたちまち頭を白くし馬が角を生やした
秦王はやむを得ず彼を帰すことにしたが
橋に仕掛けを作って丹を落そうとした
丹は橋を渡ったが、橋は仕掛けを不発に終わらせた
夜中国境の関所まで来たが、門はまだ開いていなかった
そこで丹は鶏の鳴き真似をし
たくさんの鶏がつられて鳴き出したので
門が開きそのまま逃げ帰ることができた
丹は秦を深く怨み

燕太子丹質於秦
秦王遇之無禮
不得意欲求歸
秦王不聽謬言
令烏白頭馬生角
乃可許耳
丹仰天嘆
烏卽白頭馬生角
秦王不得已而遣之
爲機發之橋欲陷丹
丹過之、橋爲不發
夜到關、關門未開
丹爲雞鳴
衆雞皆鳴
遂得逃歸
深怨於秦

何とかして報復したいと思い
勇士を得るために
あらゆる手段を尽した
丹は後見役の麴武《きくぶ》に手紙を書いてこう言い送った
「私は愚昧《ぐまい》な身である上に辺鄙な国に生まれ
不毛の地に育ったために
まだ立派な人物になるための
優れた教えに接したことがありません
しかし蒙昧《もうまい》な私にも開陳したい存念がございます
先生どうかお汲み取り下さいますよう
私は聞いております、『一人前の男が恥とするのは
辱めを受けたまま生き長らえる事であり
貞淑な女性が恥とするのは
無体に虐げられて操を犯されることだ』と
その結果平気で喉を突き
釜で煮られることも厭わないのは
死ぬ事が好きで生きる事を忘れたわけではありますまい

求欲復之
奉養勇士
無所不至
丹與其傅麴武曰
丹不肖生於僻陋之國
長於不毛之地
未嘗得睹君子雅馴
達人之道也
然鄙意欲有所陳
幸傅垂覽之
丈夫所恥
恥受辱以生於世也
貞女所羞
羞見劫以虧其節也
故有刎喉不顧
據鼎不避者
斯豈樂死而忘生哉

心に固く誓って譲らぬものを持っているからでしょう
今秦王は天の定めに背き
虎狼のように無謀に振る舞い
この丹を無礼に扱ったありさまは
諸侯の中でも最も酷いものでした
私は常にこの恨みを心に懐《いだ》き
その痛恨は骨髄にまで染み込んでいます
我が国の兵力を計っても
敵対することはできず
末永く守り通そうとしても
無論力が足りません
天下の勇士を募り
国中の英雄を集め
国費を使い果たし国庫を空にしてでも
その勇士達を養いましょう
貢物を充分にし甘言をもって
秦に取り入れば

其心有所守也
今秦王反戾天常
虎狼其行
遇丹無禮
爲諸侯最
丹每念之
痛入骨髓
計燕國之眾
不能敵之
曠年相守
力固不足
欲收天下之勇士
集海內之英雄
破國空藏
以奉養之
重幣甘辭
以市於秦

秦は我が賂《まいない》を貪《むさぼ》り
我が言葉を信じましょう
そうすれば一人の剣士の働きが
百万の軍勢に匹敵することになり
たちまちの中に
私の永劫に消えない恥を雪《すす》ぐ事も可能です
もしそうしなければ
私に生きていれば天下に面目を失わせ
死んでも悔恨を冥府まで懐いて行かせることになります
必ずや諸侯をこの上なく嘆かせることになりましょう
そうなれば易水《えきすい》の北は誰が治めることになるのでしょう
これはまた先生にとっても恥辱ではありませんか
ここに謹んで書信を奉り
熟考下さらんことを願うものであります」
やがて麴武から返書が届き、こう記されていた
「私の聞く所では、『我意を貫く者は行ないが損なわれ
慢心する者は人間性を損なうことになる』ということです

秦貪我賂
而信我辭
則一劍之任
可當百萬之師
須臾之間
可解丹萬世之恥
若其不然
令丹生無面目於天下
死懷恨於九泉
必令諸侯無以爲嘆
易水之北未知誰有
此蓋亦子大夫之恥也
謹遣書
願熟思之
麴武報書曰
臣聞快於意者虧於行
甘於心者傷於性

今太子様は、憤懣《ふんまん》やるかたない恥を雪ぎ
長年の恨みを除こうとしておられ
これは本当に私自身身を粉にし
頭を打ち砕いてもして差し上げなければならないことです
しかし私が思いますには、
知恵に優れる者は僥倖によって成功することを求めず
賢明な者はいい加減な気持ちでわがままを押し通すことはしません
事を興すには必ず見通しが立った上で事を起こし
自身の安全が確かめられてから事を行なうのです
だから事を起こしても失敗の咎めはありませんし
行動を起しても躓《つまづ》いて恥をかく事はありません
太子様は匹夫の勇を重んじられ
一人の剣士の働きを信じて
成功を収められることを望んでおられますが
私はそのお考えは充分でないと思います
私が願います所は
まず楚《そ》と同盟し

今太子欲滅悁悁之恥
除久久之恨
此實臣所當糜身
碎首而不避也
私以爲
智者不冀僥倖以要功
明者不苟從志以順心
事必成然後舉
身必安而後行
故發無失舉之尤
動無蹉跌之媿也
太子貴匹夫之勇
信一劍之任
而欲望功
臣以爲疏
臣願
合從於楚

趙《ちょう》と肩を並べ
韓魏《かんぎ》を仲間に引き入れ
その上で秦を攻めるのです
そうすれば秦を破ることが出来ます
それに韓魏と秦とは外見は親しげですが実は疎遠なのです
もし挙兵を呼びかければ
楚は応じて来るに違いなく
韓や魏は必ず従って来るでしょう
その趨勢は明らかです
今私の申し上げた戦略に従われれば
太子様の受けた恥辱も除かれ
同時に私の責任も解消されます
太子様にはどうかこの事をお考え下さりますよう」
丹は手紙を受け取ったが気に入らず
麴武を呼び出して問い質した
麴武は言った、「私が思いますには
太子様が私の戦略を採用されれば

竝勢於趙
連衡於韓魏
然後圖秦
秦可破也
且韓魏與秦外親內疏
若有倡兵
楚乃來應
韓魏必從
其勢可見
今臣計從
太子之恥除
愚鄙之累解矣
太子慮之
太子得書不說
召麴武而問之
麴武曰臣以爲
太子行臣言

易水の北には今後永久に秦の脅威はなくなり
周囲の諸侯には
必ず我が国を頼る者が出て来るでしょう」
しかし、丹は言った、
「これは何とも気の長い話で、
私の心は到底それを待ち切れない」
麴武は言った、
「私は太子様のために充分戦略を練りました
そもそも秦に対しては速いよりもゆっくりの方が良く
こちらから行くより座って待つ方が良いのです
今楚趙と同盟し、韓魏を仲間に加えれば
時間は掛かりますが
事は必ず成就します
私はそうするのが良いと思うのです」
しかし、丹は居眠りして麴武の言葉は耳に入らなかった
それを見て麴武が言った
「私では太子様のお役に立つことができません

則易水之北永無秦憂
四鄰諸侯
必有求我者矣
太子曰
此引日縵縵
心不能須也
麴武曰
臣爲太子計熟矣
夫有秦疾不如徐
走不如坐
今合楚趙竝韓魏
雖引歳月
其事必成
臣以爲良
太子睡臥不聽
麴武曰
臣不能爲太子計

私の知人に田光《でんこう》という者がおりまして
心中深く智謀を蓄えている人物です
彼を太子様にお引き合わせしたいと思いますが」
丹が言った
「承知致しました」

中巻

麴武に促されて田光が丹の宮殿を訪れると
丹は宮殿の階段の横に控えて彼を出迎えた
田光が歩み寄ると再拝して招じ入れ
座席について、挨拶した
「我が師がこの僻地と私の不肖をも顧みず
先生にこの弊邑《へいゆう》へのご来駕を依頼されました
御覧の通り我が燕国は大陸の北の外れにあり
蛮域と境を接しています
それなのに先生はこの僻地を厭われずお出で下さりました
お蔭をもちまして私はこうしておそばに侍り
ご尊顔を拝する事ができました

臣所知田光
其人深中有謀
願令見太子
太子曰
敬諾

田光見太子
太子側階而迎
迎而再拝
坐定、太子丹曰
傅不以蠻域而丹不肖
乃使先生來降弊邑
今燕國僻在北陲
比於蠻域
而先生不羞之
丹得侍左右
睹見玉顔

これは先祖の神霊が
この燕国を護持せんとして
先生のご来駕を仕組まれたのでございましょう」
田光が言った
「私は成人して世に出て以来今に至るまで
遠くからただ太子様の気高いお振る舞いをお慕いし
太子様の優れた名声を賛美しておりました
この度は私にどんなお教えを賜るご所存でしょうか」
丹は跪《ひざまず》いて田光の前に進み
涙をしとどに流しながら言った
「私はかつて秦に人質として預けられていましたが、
秦の私に対する待遇は無礼極まるものでした
そのため日夜怨念を燃やし
報復することを思い続けていましたが
人口の上でも衆寡敵せず
軍隊の力を比べても我が国は秦にかないません
そうかと言って秦の配下につくなどという事は

斯乃上世神靈
保佑燕國
令先生設降辱焉
田光曰
結髮立身以至於今
徒慕太子之高行
美太子之令名耳
太子將何以教之
太子膝行而前
涕涙横流曰
丹嘗質於秦
秦遇丹無禮
日夜焦心
思欲復之
論眾則秦多
計強則燕弱
欲曰合從

どうしても私の心が許しません
日常食事をしても味わう事ができず
夜も落ち着いて寝られないありさまです
仮に燕と秦とが同日に滅ぶような事でもあれば
それこそ死んで灰になっても灰は喜びに再び燃えるでしょう
また残った白骨も生き返るでしょう
どうか先生この怨みを晴らす方法をお教え下さい」
田光は言った
「これは国の重大事です
どうかしばらく考えさせて下さい」
そこで丹は田光を極上の部屋に住まわせ
自ら三度の食事を運んでは
絶えず田光にその存念を聞いた
こうしてそのまま三ヶ月が過ぎてしまった
丹は彼が策を思い付かないのではないかと疑い
田光のそばに寄り人払いをして尋ねた
「先生は私の置かれた状況を憐れまれ

心復不能
常食不識味
寝不安席
縦令燕秦同日而亡
則爲死灰復燃
白骨更生
願先生圖之
田光曰
此國事也
請得思之
於是舍光上館
太子三時進食
存問不絕
如是三月
太子怪其無說
就光辟左右問曰
先生既垂哀恤

お教えを施して下さることをご承諾下さり
私はお言葉を傾聴しながら過ごしてまいりましたが
こうしてもう三ヶ月になります
先生には何かお考えがおありなのでしょうか」
すると田光は言った
「太子様のご依頼がなければ
無論このまま老い尽きる所でした
私は聞いております
『あの千里馬と呼ばれる名馬の若い時は
一日に軽く千里を走る力を持っていますが
老朽すれば
道を行く事もならなくなる』と
太子様が私の存在をお聞きになった時には
私はもう老いておりました
太子様のために良い策を立てようとすれば
太子様がおできにならず
自分で力を振るおうとすれば

許惠嘉謀
側身傾聽
三月於斯
先生豈有意歟
田光曰
微太子
固將竭之
臣聞
騏驥之少
力輕千里
及其罷朽
不能取道
太子聞臣時
已老矣
欲爲太子良謀
則太子不能
欲奮筋力

自分自身にもうその力が失せております
それにしても太子様の養っておられる剣士を見ますに
一人として使える者がおりません
夏扶《かふ》は血勇の人で
怒ると顔が赤くなり
宋意《そうい》は脈勇の人で
怒ると顔が青くなり
武陽《ぶよう》は骨勇の人で
怒ると顔が白くなります
私が存知おります荊軻は
神勇の人で
怒っても色が変わりません
人となりは博聞強記
体躯は優れて強く
小さな節理にこだわらず
大きな成功を収めることを望む者です
かつて衛の国に住んでおりましたが

則臣不能
然竊觀太子客
無可用者
夏扶血勇之人
怒而面赤
宋意脈勇之人
怒而面靑
武陽骨勇之人
怒而面白
光所知荊軻
神勇之人
怒而色不變
爲人博聞強記
體烈骨壯
不拘小節
欲立大功
嘗家於衛

身分ある者の急場を救った事が
十件以上ありました
彼以外は皆凡庸の者ばかりです
太子様が事を起こそうとなさるならば
この者をおいて他に採るべき人物はおりますまい」
丹は席を降りて再拝して言った
「もし先生のお力で
その荊軻殿と知り合えたら
我が国は永遠に滅亡の心配がなくなるでしょう
ただ先生だけが頼りです」
やがて田光は暇《いとま》を告げた
丹は自ら見送りに出
田光の手を握って言った
「この事は国の大事です。どうか口外なさりませんように」
田光は笑って言った
「わかりました」
田光はやがて荊軻に会うと言った

脱賢大夫之急
十有餘人
其餘庸庸不可稱
太子欲圖事
非此人莫可
太子下席再拜曰
若因先生之靈
得交於荊君
則燕國社稷長爲不滅
唯先生成之
田光遂行
太子自送
執光手曰
此國事、願勿洩之
光笑曰
諾
遂見荊軻曰

「私は自分の至らなさをも弁《わきま》えず
貴方を皇太子殿に推薦致しました
燕の皇太子は本当に天下に比類のない優れたお方なのです
今太子は貴方に心を傾けておられます
ゆめゆめこれをお疑いなきように」
それを聞いて荊軻は言った
「私は心に決めている事があります
常に思っているのは、我が心に叶い気持ちが趣けば
我が身を惜まず働きましょうが
もし感情が食い違うようであれば
たった一本の毛を抜くことも致しません
今先生は私を太子様に会わせようとしておられますが
この事は間違いなく受けさせて頂きます」
すると田光は荊軻に言った
「聞く所では『武士は人に疑われる事をしない』そうです
太子様は、私を見送ってくれた時に言われました
『これは国の大事ですからどうか口外なされませんよう』

光不自度不肖
達足下於太子
夫燕太子眞天下之士也
傾心於足下
願足下勿疑焉
荊軻曰
有鄙志
常謂心向意投
投身不顧
情有異
一毛不抜
今先生令交於太子
敬諾不違
田光謂荊軻曰
蓋聞士不爲人所疑
太子送光之時言
此國事願勿洩

これは光を疑っているという事です
疑われたまま生きていく事は
私の恥じる事です」
こう言うと、田光は荊軻の前で自分の舌を呑んで死んだ
荊軻は燕に趣いた

下巻

荊軻が燕に行くと、
丹は自ら馬車を御し
左の席を空けて吊り紐を握り譲らなかった
席に着いて見ると賓客が広間一杯に居並んでいた
荊軻はこう挨拶した
「田光は太子様の慈しみ深いお人柄を絶賛し
太子様が世にも稀な器量のお方であることを説きました
太子様の気高い行ないは天にも届き
素晴らしい名声が絶えず聞かれます
私は衛の都を出て燕に向いましたが
旅路の険しさも苦にならず

此疑光也
是疑而生於世
光所羞也
向軻呑舌而死
軻遂之燕

荊軻之燕
太子自御
虚左軻援綏不譲
自坐定賓客満坐
軻言曰
田光褒揚太子仁愛之風
説太子不世之器
高行厲天
美聲盈耳
軻出衛都望燕路
歴険不以爲勤

遥かな道のりも遠いと感じずに参りました
今太子様は古い知人に対する恩情でご挨拶下さり
迎えて下さるには新来の客と同様にもてなして下さいました
かように惜しみなく礼を尽くして下さるのは
武士の心の通う者をお信じ下さってのことでしょうか」
丹が尋ねた
「田光先生はお変わりなくていらっしゃいますか」
荊軻が言った
「田光は、私を送り出す時に言いました
『太子様は国の大事だから口外しないようにと戒められた
一人前の男が人に信じられないのは恥である』と
そして、私の前で自分の舌を呑み込んで死にました」
丹は驚いて真っ青になり
すすり泣きながら涙を飲んで言った
「私が先生に忠告したのは
どうして先生を疑ったためでありましょう
もう先生が自殺されたということであれば

望遠不以爲遐
今太子禮之舊故之恩
接之以新人之敬
所以不復讓者
士信於知己也
太子曰
田先生今無恙乎
軻曰
光臨送軻之時言
太子戒以國事
恥以丈夫而不見信
向軻呑舌而死矣
太子驚愕失色
歔欷飲涙曰
丹所以戒先生
豈疑先生哉
今先生自殺

私はまた一つ世間に拠り所を失ってしまいました」
こう言って丹はしばらくの間ただ呆然と塞ぎ込んでいた
毎日丹は酒宴を開いて荊軻をもてなした
酒が回ると丹は立ち上がり長寿を祝って乾杯した
夏扶が進み出て言った
「聞く所では、『人は片田舎にいて教養もなければ
世間で人と仁を論ずる事もできず
馬も乗り物を引く技を知らなければ
良否を決めることもできない』そうですが
今荊殿は遠方から見えられて
どんな事を太子様に進言なさるのか
いささか承りたい気が致します」
荊軻が応えた
「人は世に抜きん出て行なおうとするならば
必ずしも片田舎の生活に同調するものではなく
馬も一日に千里を行く性質があれば
どうして乗り物を引く必要があるでしょう

亦令丹自棄於世矣
茫然良久不怡昏昏
日太子置酒請軻
酒酣太子起爲壽
夏扶前曰
聞士無郷曲之譽
則未可與論仁
馬無服輿之伎
則未可與決良
今荊君遠至
將何以教太子
欲微感之
軻曰
士有超世之行者
不必合於郷曲
馬有千里之相者
何必出於服輿

昔呂尚《りょしょう》も川で釣りをしていた時には
まだ天下の一庶民でした
それが文王に出会うと
周の軍師になったのです
優れた馬も塩の車に繋がれていれば
駄馬にも劣るものですが
それが伯楽《はくらく》に会えば
千里馬の能力を発揮します
このような者は片田舎にあって長所を現し
乗り物に繋がれて能力が知られるものでしょうか」
夏扶は更に荊軻に問い質した
「貴殿は一体何を太子様にお教えしようと言うのか」
荊軻は応えた
「燕の国に周の世を太平に導いた召公《しょうこう》の事跡を継がせ
召公が棠樹《とうじゅ》の下で国民を教化した業績を襲い
高ければ昔の王者の地位に
低くても覇者の地位にお導き致したいと思います

昔呂望當屠釣之時
天下之賤丈夫也
其遇文王
則爲周師
騏驥之在鹽車
駑之下也
及遇伯樂
則有千里之功
如此在鄉曲而後發善
服輿而後別良哉
夏扶問荊軻
何以教太子
軻曰
將令燕繼召公之跡
追甘棠之化
高欲令四三王
下欲令六五霸

貴殿はどうお考えか」
一座の人々は皆この答えを素晴らしいと言って讃えた
酒宴が果てるまで彼を言い込められる者はいなかった
丹は大変喜んで
思っていた荊軻を得たからには
永遠に秦に対する心配はなくなったと
後日丹は荊軻を伴って東宮御所へ行った
池の景色を眺めていると
荊軻は瓦の欠片を拾って蛙に投げた
それを見ると丹は下僕に金貨を大皿に盛ってこさせた
荊軻はそれを投げた
投げ尽くしてしまうとまた持ってこさせた
やがて荊軻が言った
「太子様のために金を惜しむわけではありませんが
腕が痛くなりました」
後日一緒に千里馬に乗ったことがあった
荊軻が言った

於君何如也
坐皆稱善
竟酒無能屈
太子甚喜
自以得軻
永無秦憂
後日與軻之東宮
臨池而觀
軻拾瓦投蛙
太子令人奉盤金
軻用抵
抵盡復進
軻曰
非爲太子愛金也
但臂痛耳
後復共乘千里馬
軻曰

「千里馬の肝は美味しいそうですね」
すると丹は即刻千里馬を殺して肝を荊軻に勧めた
秦の樊《はん》将軍が秦で罪に問われる事件が起こり
秦が彼を激しく追及したので
彼は丹を頼って来た
丹は彼のために華陽《かよう》の台に酒宴を催した
その酒宴の場に
丹は宮女の中から琴の名手を選んで演奏させた
荊軻が「素晴らしいな、あの琴の演者は」と言うと
丹はすぐにその宮女を荊軻に差し出した
荊軻が「ただその手さばきが気に入っただけです」と言うと
丹はすぐにその宮女の手を切り落とし
玉の大皿に載せて差し出した
太子はいつも荊軻と同じ卓で食事をし
同じ寝床に寝た
ある日荊軻は打ち解けた態度で丹にこう言った
「私は太子様のお側に仕えてから

聞千里馬肝美
太子卽殺馬進肝
暨樊將軍得罪於秦
秦求之急
乃來歸太子
太子爲置酒華陽之臺
酒中
太子出美人能琴者
軻曰好手琴者
太子卽進之
軻曰但愛其手耳
太子卽斷其手
盛以玉盤奉之
太子嘗與軻同案而食
同牀而寝
後日軻從容曰
軻侍太子

三年になりました
この間太子様は私を大変手厚くもてなして下さいました
黄金を蛙に投げさせて下さったり
千里馬の肝を下さったり
また宮女の美しい手まで
玉の大皿に盛って下さいました
凡庸な者がこのおもてなしを受けたとしても
喜んで太子様のためにできる限りの働きを見せ
犬や馬同様にどんな事にでも力を尽くすでしょう
今私はこうしていつもお側にお仕えしているのです
私の聞いている所では勇烈の士の忠節は
死ぬ事は泰山よりも重いけれども
鳥の羽よりも軽いものだと言います
今はただこの命を懸ける所をお尋ねするばかりです
太子様どうかお教え下さい」
丹は剣に手を掛け真顔になって言った
「私は以前秦に行っていた事がありましたが

三年於斯矣
而太子遇軻甚厚
黄金投蛙
千里馬肝
姫人好手
盛於玉盤
凡庸人當之
猶尙樂出尺寸之長
當犬馬之用
今軻常侍君子之側
聞烈士之節
死有重於泰山
有輕於鴻毛者
但問用之所在耳
太子幸敎之
太子劍袂正色而言曰
丹嘗遊秦

秦は私を非道に扱いました
私は彼と共に生きて在る事を恥と思っています
今荊軻殿は私の不肖である事も顧みず
この小国にご来駕下さり
私のために国の維持に御協力下さるのですから
何と申し上げて良いか分かりません」
荊軻は言った
「今の天下の強国の中では秦より強い国はありません
一方今太子様のお力では諸侯を威圧する事はできません
諸侯も太子様のために働こうとはしません
太子様が燕国の人々を率いて秦に刃向かうのは
羊に狼を率いさせるようなものであり
狼に虎を追わせるようなものです」
丹は言った
「私の悩みはどうしても良い策が得られないことです」
荊軻が言った
「樊於期《はんおき》殿が秦で罪を犯し

秦遇丹不道
丹恥與倶生
今荊君不以丹不肖
降辱小國
令丹以社稷干長者
不知所謂
軻曰
今天下彊國莫彊於秦
今太子力不能威諸侯
諸侯未肯爲太子用也
太子率燕國之眾而當之
猶使羊將狼
使狼追虎耳
太子曰
丹之憂計久不知安出
軻曰
樊於期得罪於秦

秦は激しく彼を追及しています
また督亢《とくこう》の地は秦が欲しがっているものです
今樊於期の首と督亢の地図が得られれば
事は達成できるでしょう」
丹が言った
「もし事が達成できるなら
燕の国全体を進呈することも
私は喜んでするでしょう
しかし樊将軍は行き場を失って私を頼って来たのです
それなのに私が彼を売るのは
心に忍びない事です」
荊軻は無言のまま応えなかった
それから五ヶ月が過ぎて
丹は荊軻が心変わりしたのではないかと心配になり
荊軻に会って言った
「今は秦はすでに趙を打ち破り燕に迫ろうとしています
事は緊迫しているのです

秦求之急
又督亢之地秦所貪也
今得樊於期首督亢地圖
事可成也
太子曰
若事可成
舉燕國而獻之
丹甘心焉
樊將軍以窮歸我
而丹賣之
心不忍也
軻默然不應
居五月
太子恐軻悔
見軻曰
今秦已破趙國兵臨燕
事已迫急

貴方にお願いしているのですが
この方策はどうなってしまったのでしょうか
今は一応秦武《しんぶ》陽《よう》を先に派遣しようと思いますがいかがですか」
荊軻は怒って言った
「太子様の遣わされる使者は何ですか
行ったまま帰らないのは子供の使いですよ
私がまだ出発しないのは私の客人を待っていたからです」
そこで荊軻は密かに樊於期に会って言った
「聞く所によれば将軍は秦で罪に問われ
父母妻子は皆焼き殺され
将軍にも一万戸の集落と金千斤が懸けられているそうです
私は将軍のためにお痛み申し上げている者で
今私に一つの考えがあり
これによれば将軍の辱めも除かれ
燕国の恥も雪がれるはずなのですが
将軍はどうお思いになりますか」
樊於期は言った

雖欲足下
計安施之
今欲先遣武陽
軻怒曰
何太子所遣
往而不返者豎子也
軻所以未行者待吾客耳
於是軻潛見樊於期曰
聞將軍得罪於秦
父母妻子皆見焚燒
求將軍邑萬戸金千斤
軻爲將軍痛之
今有一言
除將軍之辱
解燕國之恥
將軍豈有意乎
於期曰

「いつもその事を思い
日夜涙を呑んでいましたが
どうして良いか分かりませんでした
荊殿どうかお教え下さい
仰せに従いたいと思いますから」
荊軻が言った
「今私は将軍のみしるしをいただきたいのです
それを燕の督亢の地図と共に差し出せば
秦王は間違いなく喜びます
喜べば必ず私に会うでしょう
私はそこで左手で彼の袖を摑み
右手で彼の胸を刺しましょう
そして燕に対する罪を数え上げて責め立て
将軍の恨みを陳《の》べて仇を報ずれば
燕国の受けた辱めも雪がれ
将軍の積り積もった憤りも除かれましょう」
すると樊於期は立ち上がり扼腕《やくわん》して刀を執り言った

常念之
日夜飲涙
不知所出
荊君幸教
願聞命矣
軻曰
今願得將軍之首
與燕督亢地圖進之
秦王必喜
喜必見軻
軻因左手把其袖
右手揕其胸
數以負燕之罪
責以將軍之讎
而燕國見陵雪
將軍積忿之怒除矣
於期起扼腕執刀曰

「これこそ私が日夜望んでいた事です
今すぐ仰せに従いましょう」
すぐに彼は自分の首を斬り
首は後ろに落ちて
両目は見開いたままだった
丹はこれを聞くと
自分で馬車を走らせて行き
樊於期の死骸に伏して大声に泣き
悲しみに堪えない様子だった
しばらくの間はどうする事もできずにいたが
やがて樊於期の首を箱に収め
燕の督亢の地図と共に秦に差し出すことにした
武陽が供に付き
荊軻は秦に行くことになった
日も選ばずすぐに出発することになり
丹とこの事を知っている者は
皆白衣に冠を戴き彼らを易水の辺に見送った

是於期日夜所欲
而今聞命矣
於是自剄
頭墜背後
兩目不瞑
太子聞之
自駕馳往
伏於期屍而哭
悲不自勝
良久無奈何
遂函盛於期首
與燕督亢地圖以獻秦
武陽爲副
荊軻入秦
不擇日而發
太子與知謀者
皆素衣冠送之於易水之上

送別宴の席上荊軻は立ち上がって一同の健康を祈り
こう歌った
「風蕭　蕭《しょうしょう》として易水寒し
壮士一たび去ってまた帰らず」
高漸離《こうぜんり》が筑《ちく》を撃ち
宋意がそれに合せて歌った
勇壮に歌えば
髪が怒りに逆立って冠を突き上げ
悲しげに歌えば
人々は皆涙を流した
二人は馬車に乗り込むと
もう後を振り向く事もしなかった
二人が出発すると
夏扶は車前において自分の首を刎ね
二人への今生の別れとした
旅立って陽翟《ようてき》を過ぎる辺りで
荊軻は肉を買い肉の目方で口論になった

荊軻起爲壽
風蕭蕭兮易水寒
壯士一去兮不復還
高漸離擊筑
宋意和之
爲壯聲
則髮怒衝冠
爲哀聲
則士皆流涕
二人皆升車
終已不顧也
二人行過
夏扶當車前刎頸
以送二子
行過陽翟
軻買肉爭輕重

肉屋が荊軻を侮辱したので
武陽が彼を斬ろうとすると
荊軻はそれを止め
そのまま西に向って秦に入り咸陽に着いた
宮殿では中庶子《ちゅうしょし》の蒙白《もうはく》に取り次いでもらって言上した
「燕の太子丹は大王様のお力を恐れ
今樊於期の首と燕の督亢の地図を捧げて
北の僻地の臣下となる事を願っています」
秦王は喜んで
百官が殿上に居並び
階下には衛兵数百が隊列を組んで
燕の使者を引見した
荊軻が樊於期の首を捧げ
武陽が地図を捧げて進むと
鐘や太鼓が打ち鳴らされ
集った全ての者が皆万歳を叫んだ
武陽は非常に恐れ

屠者辱之
武陽欲撃
荊軻止之
西入秦至咸陽
因中庶子蒙白曰
燕太子丹畏大王之威
奉樊於期首與督亢地圖
願爲北蕃臣妾
秦王喜
百官陪位
陛戟數百
見燕使者
軻奉於期首
武陽奉地圖
鐘鼓竝發
羣臣皆呼萬歳
武陽大恐

立ちすくんで進めなくなり
顔は灰のように真っ白になった
秦王がそれを怪しんだので
荊軻は武陽を振り返り進み出て詫びた
「北の僻地の何も知らない田舎者で
まだ天子のお姿を見たことがないのです
どうぞ陛下にはしばしお許しあって
使者の任務を御前に果させて下さい」
秦王が言った
「(よし)」
荊軻は立ち上がって督亢の地図を取って捧げ進呈した
秦王は図を開いた
図の終わった所で匕首《あいくち》が出てきた
荊軻は左手で秦王の袖を摑み
右手で彼の胸を突きこう責め立てた
「貴方は長い間燕を裏切り続け
国中で乱暴を働き

兩足不能相過
面如死灰色
秦王怪之
軻顧武陽前謝曰
北蕃蠻夷之鄙人
未見天子
願陛下少假借之
使得畢事於前
秦王曰
(諾)　――欠損――
軻起(奉)督亢圖進之
秦王發圖
圖窮而匕首出
軻左手把秦王袖
右手揕其胸數之曰
足下負燕日久
貪暴海內

厭《あ》くことを知らず
樊於期は罪なくして一族を皆殺しにされた
今私は国中の人々のために仇を報いるのだ
今燕王の母君が病気で
私に事を急がせている
私の言う通りにすれば生きられるが
従わなければ死ぬことになる」
秦王は言った
「今日の所はお前の言う通りにしよう
どうか琴の演奏を聴いてから死なせてくれ」
そして宮女を呼び出して琴を弾かせた
すると琴の音が言った
「薄絹の一重は引けば切れます
八尺の屏風は跳べば越せます
轆轤《ろくろ》の剣は背負えば抜けます」
荊軻は琴の音が解らなかったが
秦王は琴の音に従って

不知厭足
於期無罪而夷其族
軻将（爲）海內報讎
今燕王母病
與軻促期
從吾計則生
不從則死
秦王曰
今日之事從子計耳
乞聽琴聲而死
召姬人鼓琴
琴聲曰
羅縠單衣可掣而絶
八尺屏風可超而越
轆轤之劍可負而拔
軻不解音
秦王從琴聲

剣を背負って抜き　負劍而拔
そして袖を振るい屏風を越えて逃げた　於是奮袖超屏風而走
荊軻は匕首を抜いて投げ付けたが　軻拔匕首擿之
秦王の耳を切り裂き銅の柱に当たって火が出た　決秦王耳入銅柱火出然
秦王は戻って来て荊軻の両手を切断した　秦王還斷軻兩手
荊軻は柱にもたれて笑い足を投げ出したまま怒鳴った　軻因倚柱而笑箕踞而罵曰
「ついうっかりして小僧に騙された　吾坐輕易爲豎子所欺
これで燕の怨みも晴らされず　燕國之不報
私の仕事も成らなかったな」　我事之不立哉

孫星衍の作った「燕丹子」の復元本はここで終わっているのだが、この本には元々、荊軻の死後の事を語る話が続いていたらしい。「太平御覧《たいへいぎょらん》」の服用部には、次のような「燕丹子」の引用文がある。

秦始皇置高漸離於帳中擊筑（秦の始皇は高漸離を幕舎中に置いて筑を撃たせた）

この逸文の様子から見るに、多分荊軻の死後の話に、「史記」と同様に高漸離が筑に鉛を仕込んで始皇帝に打ちかかる話が続いていたのだろうと想像される。

前述のように司馬遷は「刺客列伝」の賛に、彼が聞いた「燕丹子」の祖形と思われる語り物を批判しているのだが、明らかにプロットの共通点が見えながら表現に微小の相違があるので、ここに引いて比較してみることにする。

世間では荊軻の事を語るのに、『太子丹が命ずると天が穀物を降らせ、馬が角を生やした』と語っている。これは大変な間違いだ。（世言荊軻、其稱太子丹命、天雨粟、馬生角也。大過。）また、荊軻が秦王を傷つけたとも言っている。皆間違いだ。（又言、荊軻傷秦王。皆非也。）そもそも公孫季功《こうそんきこう》と董生《とうせい》が夏無且《かむしょ》と旅行をした事があり、詳しくそのことを知っていて、ここに述べた通りの話を語ってくれたのである。（始、公孫季功・董生與夏無且游、具知其事、爲余道之如是。）

以上が司馬遷の荊軻の語り物に対する批判の内容である。

この司馬遷の語り物批判が果たしてどういう意図を持ってなされたかということも一つの大きな問題だが、その詮索は今は行なわないことにして、事実関係だけを問題にしておく。司馬遷の文章をそのまま信ずれば、彼の知人であった公孫季功と董生の二人を介して荊軻の最後の場面に立ち会った夏無且の体験談を直接聞いたということになるのだが、荊軻の事件が起こったのは秦王がまだ始皇帝を名乗る以前のことで、仮に始皇帝即位の年代から司馬遷の若い頃までを数えたとしても優に百年以上、場合によっては百五十年近く経っているのである。これを考えると、語り物批判の意味がまた問題になりそうだが、ここで必要なのは、「史記」の語り物批判の文章から、当時「燕丹子」の祖形と思われる語り物が聞かれたという事実を認識する事であって、「史記」の記述の現実性はこの際問題ではない。

先に掲げた「刺客列伝」の賛には、司馬遷が指摘した語り物の間違っているプロットが二箇所（夏無且の登場を加えれば三箇所）指摘されているのだが、このいずれもが現在見られる「燕丹子」の筋によく符合するのである。始めの丹が秦王の難題を解決する場面では、課された難題の内容にも、またその解き方にも違いがあるのだが、これで秦王が丹の帰国を許すための条件として難題を課して解かせる筋があったことが認められると共に、その難題の一部が共通していたことも認められる。

「燕丹子」の話が前漢司馬遷の在世していた時代にも語られていたという事実が分かれば、我々にとって興味の持たれるのは、語り方の変化である。語り方の変化と言っても、語り方の旋律は知りようがないのだから、文字に著された話の内容を比較するだけの話である。

先の難題を解く件では、難題の一つ、「烏に頭を白くさせる」という題が「天に穀物を降らせる」に変わっていた。そして、その解決法については、「燕丹子」では、「天を仰いで嘆く」だったのが、司馬遷の聞いたのは、「丹が命ずる」であった。「燕丹子」では、無力な丹が奇跡の起こることに期待する以外に解決のしようがなかったのだったが、司馬遷の時代に語られた丹は、天兵を動かす敕勒《ちょくろく》の方《ほう》を心得ていた。つまり、司馬遷の時代に語られた太子丹には方術の心得があったのである。丹にそれだけの力があったとすれば、話の内容にはそれなりの違いがあったのではないかと疑われるが、司馬遷の批判している第二の点は、「荊軻が秦王を傷つけた」という筋であり、この点も後世の「燕丹子」の「秦王の耳を切り裂いた（決秦王耳）」という筋に符合する。そして、三番目の侍医を登場させる件では、司馬遷は引用を省略しているのだが、例の琴の音である。司馬遷ならずとも琴の音が逃げ方を教えたという筋は余りにも非現実的に感じられる。司馬遷の書いた話では、逃げ方は全て周囲の人間が教えたことになっており、荊軻の使った匕首には予め毒が塗ってあったはずなので、秦王を傷つけるわけには行かなかったのである。そのために薬嚢を匕首に投げ合わせる侍医を登場させた。比べてみれば、司馬遷の批判通り「史記」は、語り物の非現実的な話をより現実的に書き換えているのだが、聴いて楽しむための語り物は「歴史」ではないので、筋は非現実的でも一向に構わないものであった。

ちなみに、我が国の語り物の台本である「平家物語」にも、「朝敵揃《ちょうてきぞろえ》」の巻に次いで「咸陽宮《かんようきゅう》」の巻を置き、「燕丹子」の筋を幾分か書き換えながら琴の音の筋までを引き、荊軻最後の場面には「史記」を引いて夏無且を登場させているのだが、「史記」を引用している所から見て、ここの引用は「燕丹子」を引いたのも単なる書物の上での受け伝えであって、語り物を意識していたとは思えない。ちなみに、「燕丹子」の名は、藤原佐世《ふじわらまさよ》の「日本国見在書目録」にも見える。

四、散文スタイルの語り物と韻文スタイルの語り物 ——語る物と歌う物——

前節で見た「燕丹子」は歴史物語であり、話の性格は、元々長い歴史の流れの中から劇的構成をもって語れ、また劇的興味を持って聴けると思われる所を切り取って語るものであるため、話の構成は基本的に歴史の流れによっているのだが、話の内容は歴史の流れに沿いながら、登場人物の行動や台詞には工夫を凝らし、紆余曲折に富んで面白いものに仕上げられている。また、語り方は場面の転換に合わせながらそれぞれの場にふさわしい語り口調が工夫されている。前節では、作品の始めにある丹が咸陽城から抜け出して逃げ帰る場面の語りの工夫が、意匠を凝らした興味深いものなので、その部分を特に抜き出して説明を加えたが、原文の句の字数の変化を追って見れば分かるように、語りのリズムは話の内容や場面の変化に応じて工夫されている。最後の場面の琴の音が秦王に語りかける言葉などは、同様の句作りを意識的に並べている所から見て、前後の語り口調とは意識的に調子を変えて語ったものに違いない。このように語りの調子を変えながら長い物語を語る所に歴史物語を語る語り物の特徴があり、後世「講史」と呼ばれる語り物の祖形がすでに漢代からあったことが知られるのである。

これに対して、それぞれに歴史から離れて独立し、伝承説話的にまとまった形を持っている物語を語る語り物があった。歴史を語る「講史」の系統が、基本的に語りの形式を変えないのに対して、この種の語り物は、時代を追って語りの形式に変化が見られ、また語りの種類も次第に増えて話の内容によって、語り方も区別されるようになっていったようである。

次節に漢末から六朝時代にかけて芸人の語り物になっていたと見られるこの種の語り物作品を一つ紹介する。この作品は、話の内容から見て、唐代以降の分類では「小説」と呼ばれる語り物の仲間に加えられると思われるものだが、全篇を一句五言のスタイルで通している所から古詩と呼ばれ、陳の徐陵《じょりょう》の「玉台新詠《ぎょくだいしんえい》」中に収められている。ただし、同書中には、当時実際に口ずさまれたと思われる歌謡が多く含まれている所から見て、編纂者徐陵の意識としては、語り物として取り込んだ可能性も強い。語り物芸人がこれを語った場合には、全篇を通して何らかの曲に合わせて歌ったに違いない。これが書き下ろされる古詩の仲間でない証拠には、通常始めから古詩として書き下ろされる作品の場合には、二句一組の対を重んじ多く偶数番目の句に脚韻を踏む風習があるため、二百句（百韻）以上の長篇になっても全体を偶数句でまとめるのが普通だが、この作品は三五七句という異例の長篇でありながら、奇数句で終わっている。これは実際に作品を検討すれば明らかなように、作中に登場人物の台詞が含まれることもあり、二句一組にまとめられない場面が多いのである。

全篇の句の配置などに書き下ろしの作品に見られない特徴があるということは、「燕丹子」の文体についても指摘した所だが、ある一つの作品について、それが語り物であったというためには、更に残された文章の中に語られた痕跡を見つけなければならないはずである。

しかし、この点についても中国の古典資料中には、当該作品の外部に語り物でなければ現れ得ない共通する文体上の特徴の求められる文学作品が多く存在するのである。「燕丹子」の場合は、その一部に見られる意匠を凝らして工夫された特殊な文体が、後世の敦煌出土の変文資料中に見られた。次節で取り上げる叙事詩についてもその語り物でなければ現れ得ない特殊な文体が数箇所にわたって見出されるのである。

実際の語り方に関しては、この叙事詩のように全篇一句五言の詩形式の作品の場合は同じリズムを繰り返すことになるから、語りの旋律やテンポを実際に感じ取ることは不可能だとしても、何らかの打楽器を使って単調なリズムで歌い語りに語られたであろうことは想像できる。

序に定義した日本語の「語り物」のうち、芸人の語る「語り物」を呼ぶ狭義の「語り物」は、本来声楽の一分野の呼称であって、「歌い物」に対応し、作品は比較的長く叙事的なものが多いのは当然のことだが、「語り物」研究者にとってありがたいのは、当時の語り口調を残してくれていることである。

詩形式の作品の場合は、叙事詩に該当することになるが、厳密に区別する場合は、叙事詩にも二通りあり、一個の物語として日常生活から切り離され、独自の物語として独立している作品を指す場合と、日常生活の中での出来事を語るものとがある。次節で取り上げる三五七句の長い叙事詩は一個の物語を内容とするものだが、「玉台新詠」には、日常生活の体験を歌にしたような「歌い物」も多く、また日常生活の体験談を内容としながらも語りのスタイルに「語り物」の特徴を見せているものもあるので、次節では、長い本格的な「語り物」を翻訳紹介した後に、その日常生活の体験を叙事的な歌にまとめたと思われる作品の中から代表的なものを一つ選んで紹介することにする。

五、不幸に死んだ夫婦の物語

――古詩無名人焦仲卿《しょうちゅうけい》の妻のために作る――

この作品には序があって、次のように記している。

――漢の末建安年間、盧江府《ろこうふ》の小吏焦仲卿の妻劉氏は、仲卿の母のために実家に帰され、自ら二度と嫁がないと誓っていたが、家族に再婚を迫られ近くの池に身を投じた。仲卿はそれを聞くと、庭の木に首を括って妻の後を追った。時の人はこの不幸な夫婦に同情し、この物語を詩に著した。――

この序にも「時の人は……同情し（原文は「時傷之」）」とあるように、この作品を作ったのはどこの誰とも分からない。ただ分かっているのは、この噂を聞いて、不幸に死んだ夫婦に同情した人が作ったということだけで、言わば文字通りの民間伝承として伝えられた作品であった。

「玉台新詠」中には民間に伝えられたと見られる歌謡が多数収められている。六朝時代は知識人があえて民間の文化を吸い上げる時代でもあった。その始めはやはり後漢末の建安文学が開花する時代を見なければならないと思われるが、知識人が民間文化に接触し吸い上げる傾向は六朝を通して続いていた。「玉台新詠」の編纂者徐陵も当時を代表する身分の高い知識人だったのである。

民間伝承のことは本書の序文にも触れたが、その実態は元々誰がどんな口調で語っても良いもので、全国津々浦々身分の上下に関わらず、広く語り伝えられるものであって、無論各地の方言で語り始められていたものだったはずである。それが、やがて知識人によって採集され、標準語に直されて説話集にまとめられる。そのはじめは、魏の「列異伝」であった。序に述べた「捜神記」や「幽明録」の類もその後を襲って作られたものだが、六朝時代も時代が下るに従って少しずつ説話集の内容には変化が見られたようである。この内容の変化には様々な要因が考えられるが、説話の採集に当たる当時の知識人自身が今日の目から見れば、かなり深く迷信の世界にひたっていた現状があったようなので、仏教道教の布教合戦もあり、作られる説話集の説話の採集や編集に変化が見られるのは当然であった。

また、話の伝承には、平叙の形で語る語り方の他に、歌謡の形にして歌われるものもあったようである。「玉台新詠」にはそうして伝承されたと思われる歌謡が多く見受けられるが、伝承説話も語り方や歌い方に工夫が凝らされ、次第に芸能化して名人と呼ばれる者が現れるようになると、やがて語りを職業にする語り物芸人が現れてくる。本節で扱う作品についても、文中に語り物でなければ現れ得ない句作りが数箇所見られるということを述べたが、この作品などは、間違いなく語り物芸人によって歌い語りに語られたものに違いない。

作品全体のスタイルとして注目して頂きたいのは、この作品は全三五七句という大作でありながら基本的に全体を序破急の三段構成で作っている所は、昔話に一般的に見られる構成法と変わらないということである。こうしたことを踏まえて逆に辿ってみれば、前述した「捜神記」や「幽明録」などの六朝志怪と呼ばれる短編の話の中にも「成公知瓊《せいこうちけい》」の話や「韓憑夫婦《かんぴょうふうふ》」の話など語り物になりそうな説話が処々に見られる。

作品の翻訳紹介に入る前に、ここでも語り物でなければ現れ得ない句作りを先に見ておきたいと思う。最初のものは、作品の冒頭に現れる。

孔雀東南飛、五里一徘徊。十三能織素、十四學裁衣。十五彈箜篌、十六誦詩書、十七爲君婦。
(孔雀が東南に飛び、五里飛んでは一度旋回する。十三歳で白絹が織れるようになり、十四歳で裁縫を習い、十五歳では竪琴を弾き、十六歳で古典を暗誦し、十七歳で貴方の所へ嫁いできました。)

始めの二句は話に関係のない内容の句で、恐らく語り物芸人が語り起こしに習慣的に用いる常套句だったと思われる。今日の「快板」の語りになぞらえれば、「竹板打響叮噹(竹板をタンタン打ち鳴らし)」のようなものである。それに続いて十三歳から一歳刻みに女主人公の成長過程が歌われる。この同形式の句の重畳をいとわない繰り返しだけでもすでに語り物の特徴が現れているのだが、この作品には、これとほぼ変わらない語り方がもう一箇所別な所に現れてくる。序に記されているように、この女主人公は結婚の二、三年後に姑のために実家に追い返されてしまうのだが、出戻ってきた娘を迎えた母親の言葉がまたこれと同形式の語りになっている。

阿母大拊掌、不圖子自歸。十三教汝織、十四能裁衣、十五彈箜篌、十六知禮儀、十七遣汝嫁。

（母は手を打って大いに悔しがり、お前が出戻ってくるとは思ってもみなかった。十三歳でお前に機織りを教え、十四歳で裁縫ができるようになり、十五歳では竪琴を弾き、十六歳では礼儀を身につけ、十七歳でお前を嫁がせた。）

このように同内容同形式の句作りを省略もせずに繰り返すのが語り物の特徴であり、今日聞くことのできる語り物の実演に頻出する語りの形式でもある。また、同種の句を際限なく繰り返す語り方に、形容句の連続があり、作品中では、実家に出戻った女主人公が家族に迫られて郡の太守の息子に嫁ぐことになり、太守の官邸に届けられる婚礼の品々の長い行列の様を描写する所に見ることができる。これも先の例と同様、語り物でなければ現れ得ない句作りである。

ここに、この作品の内から特に目立つ重畳冗長をいとわない表現の箇所を三箇所選んで、語り物でなければ現れ得ない文章表現として説明を加えたが、こういう文章表現は何らかの曲調に合わせて歌われる語り物の特徴で、音楽の伴奏があって、一定のリズムを繰り返しながら歌われる場合には、この特殊な表現を自然に聞くことができるのである。以上、この作品の語り物として特に目立つ特徴を拾って解説を加えた。

孔雀は東南に飛び　五里飛んでは一度旋回します
「十三歳で白絹が織れ　十四歳で裁縫を学び
十五で竪琴を弾き　十六で詩経《しきょう》や書経《しょきょう》の学問を身に付け
十七で貴方に嫁いできましたが　心は悲しく辛いことばかり
貴方はお役人ですから　お役大切で振り向いて頂けません
鶏が鳴く頃起きて機屋《はたや》に入り　毎晩休むこともできません
三日に五匹を織り上げても　お父様は必ず遅いと叱ります
機織りは遅くはないのです　貴方の家の主婦は大変です
私は酷使に耐えられません　ただいるだけで役に立てません
すぐにご両親に申し上げて　今のうちに里へ帰して下さい」
仲卿はこれを聞くと　表座敷に行き母親に申しました
「私は生来不運な男ですが　幸いこの妻が得られました
成人したばかりで褥《しとね》を共にし　あの世まで共にするのです
共に過ごして二、三年　結婚してまだ幾らも経っていません
妻の行ないは悪くないのに　どうして辛く当たるのですか」
母親は息子に言いました「何をくどくど言っていますか
この嫁は礼儀を知りません　行ないは全てわがまま勝手です

孔雀東南飛　五里一徘徊
十三能織素　十四學裁衣
十五彈箜篌　十六誦詩書
十七爲君婦　心中常苦悲
君既爲府吏　守節情不移
雞鳴入機織　夜夜不得息
三日斷五匹　大人故嫌遲
非爲織作遲　君家婦難爲
妾不堪驅使　徒留無所施
便可白公姥　及時相遣歸
府吏得聞之　堂上啓阿母
兒已薄祿相　幸復得此婦
結髮同枕席　黃泉共爲友
共事二三年　始爾未爲久
女行無偏斜　何意致不厚
阿母謂府吏　何乃太區區
此婦無禮節　擧動自專由

私はずっと怒っていました　お前の勝手にはなりません
東の家に賢い娘がいて　名前を秦羅敷《しんらふ》と言います
愛らしい肢体は稀なもの　母がお前にもらってあげましょう
あれはすぐに追い出しなさい　絶対に置いてはいけません」
仲卿は長い間ひざまずき答えました「どうかお母さんお願いです
今もしこの嫁を帰したら　私は終生嫁を娶りません」
母親はこれを聞くと　椅子を叩いて大変に怒りました
「お前は何と大それた事を言う　何で嫁の肩を持つのだ
私はもう親子の恩義も失った　絶対に許しませんからね」
仲卿は押し黙ったまま　母親に再拝し部屋に戻りました
妻に言葉をかけようとしましたが　ただむせび泣くばかり
「私がお前を追い出すのではない　母に迫られての事だ
君はしばらく家に帰っていてくれ　私は一旦役所に報告に行く
程なくして帰ってくるから　帰ってきたら必ず迎えに行く
これをしっかり心に留めて　決して間違いのないように」
妻は夫に言いました「もうこれ以上いろいろ仰《おっしゃ》いますな
昔貴方との縁がまとまって　家族に別れ嫁いできて

吾意久懷忿　汝豈得自由
東家有賢女　自名秦羅敷
可憐體無比　阿母爲汝求
便可速遣之　遣之愼莫留
府吏長跪答　伏惟啓阿母
今若遣此婦　終老不復取
阿母得聞之　搥牀便大怒
小子無所畏　何敢助婦語
吾已失恩義　會不相從許
府吏默無聲　再拜還入戸
舉言爲新婦　哽咽不能語
我自不驅卿　逼迫有阿母
卿但暫還家　吾今且報府
不久當歸還　還必相迎取
以此下心意　愼勿違吾語
新婦謂府吏　勿復重紛紜
往昔初陽歲　謝家來貴門

嫁としてご両親にお仕えし　主婦の務めに付きました
昼も夜も働き尽くめで　一人で苦労しておりました
私は思いました　何の罪過もなく励んでご恩に報いたいと
それでも追い出されるのです　どうしてまた戻れますか
私には刺繍を施した胴衣があり　美しく輝いています
紅の薄絹の二重の帳《とばり》は　四隅に香の袋をかけています
大小の箱が六七十　それぞれ緑や青の紐が付いています
こまごまといろいろなものが　分けて中に入れてあります
持ち主が卑しければものも粗末で　新婦様には不足ですが
残して贈り物に致します　今後は会える機会もありません
時折はこれを眺めて慰めとし　いつまでもお忘れなきよう」
鶏が鳴き夜が明けかかり　彼女は立ち上がり化粧をします
刺繍のある袷《あわせ》の裳裾《もすそ》を身に付け　あれやこれやと一通り
足には絹の靴を履き　髪には輝く鼈甲《べっこう》の簪《かんざし》を挿し
腰にはふわりと白い練り絹を巻き　耳には真珠の耳飾
指は葱の根を削ったようで　唇は朱を含んだように赤い
しなやかに静々歩み　その気品溢れる美しさは又とないもの

奉事循公姥　進止敢自專
晝夜勤作息　伶俜縈苦辛
謂言無罪過　供養卒大恩
仍更被驅遣　何言復來還
妾有繡腰襦　葳蕤自生光
紅羅複斗帳　四角垂香囊
箱簾六七十　綠碧青絲繩
物物各自異　種種在其中
人賤物亦鄙　不足迎後人
留待作遺施　於今無會因
時時爲安慰　久久莫相忘
雞鳴外欲曙　新婦起嚴妝
著我繡裌裙　事事四五通
足下躡絲履　頭上玳瑁光
腰若流紈素　耳著明月璫
指如削蔥根　口如含朱丹
纖纖作細步　精妙世無雙

表座敷に参り姑に挨拶　姑は去るのを認めて引き止めません
「昔娘だった頃は　卑賤に生まれて田舎で育ち
元々何の教養もない身が　身分違いのお屋敷に輿入れ
お母様に金品は豊富にいただきながら　その酷使に耐えられず
今日家に戻りますが　お母様の後のご苦労が気がかりです」
次に小姑に別れを告げたが　涙が止めどなく滴り落ちました
「嫁入って来た時には　貴女はやっと寝台に掴まり立ち
今日帰される時になって見れば　私の背丈と変わらない
心を込めてご両親のお世話をし　貴女自身もお大切に
毎月七日と十九日に　楽しく遊んだことを忘れないでね」
門を出て車に乗り込むと　涙が止めどなく溢れて落ちました
夫の馬は前を行き　妻の車は後から行きます
ゴロゴロとガタガタと　二人は街道への出口で会いました
馬から下りて車に入り　顔を近づけて耳元で囁きました
「決して君を放さないから　しばらく家に帰っていてくれ
私はひとまず役所に行ってくるが　間もなく帰ってくる
天に誓って背きはしない」　妻は夫に言いました

上堂拜阿母　母聽去不止
昔作女兒時　生小出野里
本自無教訓　兼媿貴家子
受母錢帛多　不堪母驅使
今日還家去　念母勞家裏
卻與小姑別　淚落連珠子
新婦初來時　小姑始扶牀
今日被驅遣　小姑如我長
勤心養公姥　好自相扶將
初七及下九　嬉戲莫相忘
出門登車去　涕落百餘行
府吏馬在前　新婦車在後
隱隱何甸甸　俱會大道口
下馬入車中　低頭共耳語
誓不相隔卿　且暫還家去
吾今且赴府　不久當還歸
誓天不相負　新婦謂府吏

「細かいお心遣い感謝します　貴方が覚えていて下さるなら
しばらくお出でをお待ちします　貴方は磐石《ばんじゃく》におなりなさい
私は蒲葦《ほい》になりましょう　蒲葦の筋は絹糸のように強靭で
磐石は転がることがありません　私には父と兄がいて
気性が乱暴で雷のよう　私の思い通りにはならないでしょう
今からそれで胸が痛みます」手を振っていつまでも去り難く
二人の心は綿々と繋がっていました
門に入って表座敷に上がれば　皆に合わす顔がありません
母親は手を打って大いに怒り　まさかお前が出戻るとは
十三歳でお前に機織りを教え　十四歳で裁縫ができ
十五歳には竪琴を弾き　十六歳には礼儀を身に付け
十七歳でお前を嫁がせた　誓いに違う事はないと思ったのに
お前は今罪過もなく　迎えもやらないのに出てきたのか」
蘭芝《らんし》は母に恥じ入りました　「私は実際罪過がないのです」
母は大変悲しみ嘆きました　家に帰って十日余り経った頃
県の長官が仲人を立ててきました　「三男のご子息がおられ
世に稀な美男子で　年はやっと十八九になったばかり

感君區區懷　君既若見錄
不久望君來　君當作盤石
妾當作蒲葦　蒲葦紉如絲
盤石無轉移　我有親父兄
性行暴如雷　恐不任我意
逆以煎我懷　舉手長勞勞
二情同依依
入門上家堂　進退無顏儀
阿母大拊掌　不圖子自歸
十三教汝織　十四能裁衣
十五彈箜篌　十六知禮儀
十七遣汝嫁　謂言無誓違
汝今無罪過　不迎而自歸
蘭芝慚阿母　兒實無罪過
阿母大悲摧　還家十餘日
縣令遣媒來　云有第三郎
窈窕世無雙　年始十八九

弁舌爽やかで多才なお方です」と　母は娘に言いました
「お前行ってお返事なさい」　娘は涙声で答えました
「蘭芝が帰る時　夫は心を込めて言ってくれました
『誓って別れはしない』と　今日この契りに背けば
きっと良くないことになりますよ　この話はお断り下さい
ゆっくり考えることにしましょう」　母は仲人に言いました
「卑しい家に育った娘が　嫁いだばかりですぐ帰されました
小役人の妻が務まりません　若殿様に合うはずはないでしょう
どうか広くお尋ね下さい　このお話はお受けできません」
仲人が帰って数日　県では次官を遣わして太守に相談します
「劉家には蘭芝という娘がいて　代々官吏の家柄です」
すると太守は「家の五男も　男前だがまだ縁がない」と言い
そのまま次官を仲人にして　秘書を取り次ぎ役にしました
彼らは蘭芝の家に行き言いました　「太守様には若様がいて
お宅との婚儀を望んでおられる　その使者として来ました」
母は仲人に詫びました　「娘は先に誓いを立てておりまして
私どもの言うことは聴いてくれません」　兄はそれを聞くと

便言多令才　阿母謂阿女
汝可去應之　阿女銜涙答
蘭芝初還時　府吏見丁寧
結誓不別離　今日違情義
恐此事非奇　自可斷來信
徐徐更謂之　阿母白媒人
貧賤有此女　始適還家門
不堪吏人婦　豈合令郎君
幸可廣問訊　不得便相許
媒人去數日　尋遣丞請還
說有蘭家女　承籍有宦官
云有第五郎　嬌逸未有婚
遣丞爲媒人　主簿通語言
直說太守家　有此令郎君
既欲結大義　故遣來貴門
阿母謝媒人　女子先有誓
老姥豈敢言　阿兄得聞之

がっかりして何ともやりきれず　妹のために口を出しました
「何と考えなしなんだ　先に嫁いだのは府の小役人
今度は太守の若様だ　幸不幸は天地ほど違う
お前自身が栄達できるんだ　若様の所へ行かないで
これからどうするんだ」　蘭芝は兄を見上げて答えました
「道理は本当に兄さんの言う通りです　家を出て夫に仕え
途中で兄さんの家に戻ったのです　身の振り方は兄さん次第
どうしてわがままが許されますか　夫と約束したとは言っても
彼とはきっと縁がないのでしょう　早速お話をお受けして
すぐにも結婚致しましょう」　仲人は椅子から立ち上がり
「はいはい！　そうそう！」　役所に帰って太守に報告します
「ご下命通り行ってきましたが　お話は巧くまとまりました」
太守はそれを聞くと　心中すっかり嬉しくなり
暦を見また書物を調べて言いました　「今月中が縁起が良い
星の巡りが丁度合う　大吉は三十日だ
今日はもう二十七日　君はすぐ行って婚儀を整えてくれ」
両家で相談し急いで支度を整えました

悵然心中煩　舉言爲阿妹
作計何不量　先嫁得府吏
後嫁得郎君　否泰如天地
足以榮汝身　不嫁義郎體
其往欲何云　蘭芝仰頭答
理實如兄言　謝家事夫婿
中道還兄門　處分適兄意
那得自任專　雖與府吏要
渠會永無緣　登卽相許和
便可作婚姻　媒人下床去
諾諾復爾爾　還部白府君
下官奉使命　言談大有緣
府君傳聞之　心中大歡喜
視曆復開書　便利此月內
六合正相應　良吉三十日
今已二十七　卿可去成婚
交語速裝束

婚礼の品々は雲のように絶え間なく続く　青雀や白鳥の船
四隅に龍を描いた幟は　ひらひらと風に吹かれて揺れ
黄金作りの車は玉で車輪を作り　いれこんでいる葦毛の馬
金を散りばめた鞍には五色の房飾り　もたらす銭は三百万
皆青い絹紐を通してある　色とりどりの反物が三百匹
南方から取り寄せた珍しい魚　供の者が四五百人
その行列が陸続と皆太守の門に吸い込まれる
母は娘に言いました「今し方太守様の手紙をもらいました
明日お前を迎えに来るそうです　なぜ衣裳を用意しないのか
婚礼ができなくなってはいけません」　娘は黙って声もなく
ハンカチで口を覆って泣きました　涙は落ちて灌《そそ》ぐよう
自分の瑠璃の椅子を持ち出して　庭先の窓の下に置きます
左手に鋏と物差しを持ち　右手に綾絹を執ります
朝に刺繍のある袷の裳裾を　晩には薄絹の上着を作りました
薄暗く日が暮れかかると　愁いに迫られ門を出て哭きました
夫はこの異変を聞くと　休暇を取って戻ってきました
まだ二三里離れた所で　疲れた馬が悲しげに鳴きました

絡繹如浮雲 青雀白鵠舫
四角龍子幡 婀娜隨風轉
金車玉作輪 躑躅青驄馬
流蘇金鏤鞍 齎錢三百萬
皆用青絲穿 雜彩三百匹
交廣市鮭珍 從人四五百
鬱鬱登郡門
阿母謂阿女 適得府君書
明日來迎汝 何不作衣裳
莫令事不舉 阿女默無聲
手巾掩口嗁 淚落便如瀉
移我瑠璃榻 出置前窗下
左手持刀尺 右手執綾羅
朝成繡裌裙 晚成單羅衫
晻晻日欲瞑 愁思出門嗁
府吏聞此變 因求假暫歸
未至二三里 摧藏馬悲哀

妻は馬の声を聞き分け　履《くつ》を引っ掛け出迎えました
やる瀬ない気持ちで眺めやると　間違いなく夫が来たのです
手で鞍を叩きながら　ただ嘆くばかりで心を痛めます
「貴方とお別れしてから後　人の世は計り知れぬもの
やはり願い通りには行きませんでした　これはご存知ない所
私には両親があり　それに兄弟までが迫って
私を他家へ嫁がせます　お帰りをどうして待てましょう」
夫は妻に言いました　「ご出世おめでとう
磐石はしっかりと厚く　千年を耐えることもできます
蒲葦は一時堪えますが　所詮は一日限りのものです
君は一日毎に幸せになるだろう　私は一人であの世へ行く」
妻は夫に言いました　「何のつもりでこんなことを仰います
お互いに迫られてのことでしょう　貴方も私も同じことです
あの世でお会いしましょう　今のお言葉忘れないで下さい」
手を取り合って別れ　それぞれ自分の家に戻りました
生きながら交す死の別れ　心中の恨みは如何ばかり
この世に別れるのですから　全かろうはずはありません

新婦識馬聲　躡履相逢迎
悵然遙相望　知是故人來
舉手拍馬鞍　嗟嘆使心傷
自君別我後　人事不可量
果不如先願　又非君所詳
我有親父母　逼迫兼弟兄
以我應他人　君還何所望
府吏謂新婦　賀卿得高遷
盤石方可厚　可以卒千年
蒲葦一時紉　便作旦夕間
卿當日勝貴　吾獨向黃泉
新婦謂府吏　何意出此言
同是被逼迫　君爾妾亦然
黃泉下相見　勿違今日言
執手分道去　各各還家門
生人作死別　恨恨那可論
念與世間辭　千萬不復全

夫は家に帰り　表座敷で母に挨拶しました
「今日は風が強く寒い日です　寒風が樹木を吹き砕き
冷たい霜が庭の蘭に降りています　私は今日冥府へ発ち
お母様を残して行きます　承知の上での不心得です
決して鬼神を怨まないで下さい　南山の石のように長命で
お体も御健康でお丈夫にお過ごし下さい」　母はこれを聞くと
涙が声と共に滴り落ちました「お前は立派な家の息子で
出世の道が開けています　妻のために死ぬなんてもっての外
身分の違いで言うのではありません　東の家に賢い娘がいて
美しい姿態は街中に有名です　母がお前にもらってあげます
それもすぐにです」　仲卿は母に挨拶して部屋に戻り
一人で深く溜息をつきました　覚悟を決めて来ましたが
振り返って母屋の戸口を見れば　次第に愁いが迫って来ます
その日牛馬も揃っていいなき　新婦は青い仮部屋に入りました
薄暗く日が沈み　夜の静寂が訪れて外に人気のなくなった頃
私の命は今日絶たれ　魂が飛び去って屍が後に残りますと
裳裾を絡《から》げ絹の履を脱ぎ　身体を起こして池に赴きました

府吏還家去　上堂拝阿母
今日大風寒　寒風摧樹木
嚴霜結庭蘭　兒今日冥冥
令母在後單　故作不良計
勿復怨鬼神　命如南山石
四體康且直　阿母得聞之
零涙應聲落　汝是大家子
仕宦於臺閣　愼勿爲婦死
貴賤情何薄　東家有賢女
窈窕艶城郭　阿母爲汝求
便復在旦夕　府吏再拜還
長嘆空房中　作計乃爾立
轉頭向戸裏　漸見愁煎迫
其日牛馬嘶　新婦入青廬
菴菴黄昏後　寂寂人定初
我命絶今日　魂去尸長留
攬裙脱絲履　擧身赴青池

仲卿はこの知らせを聞くと　別れの時が来た事を自覚し
庭木の下を廻り　東南の枝に首を括りました
両家の者は合葬することを相談し　華山の麓に合葬しました
東西には松と柏《ひのき》を植え　左右に青桐と桐を植えました
枝と枝が空中でかぶさり合い　葉と葉が互いに重なり合い
そこにつがいの鳥が棲み付き　その名を鴛鴦と言いました
頭を上げて向かい合って鳴き　毎夜早朝まで鳴き通しました
道行く人は足を止めて聴き　寡婦は声につられて彷徨します
後世の人にお願いします　これを戒めにしてお忘れなきよう

府吏聞此事　心知長別離
徘徊庭樹下　自掛東南枝
兩家求合葬　合葬華山傍
東西植松柏　左右種梧桐
枝枝相覆蓋　葉葉相交通
中有雙飛鳥　自名爲鴛鴦
仰頭相向鳴　夜夜達五更
行人駐足聽　寡婦赴彷徨
多謝後世人　戒之愼勿忘

――偶然出会った稀有な出来事をそのまま伝える語り物――

前節の末に叙事詩形式の語り物について、その内容が非日常的な一個の物語として語られている作品と、日常生活の中で心に留まった出来事を一個の物語として作り直すのではなく、出来事をそのままに、感情を込めて歌ったものがあるということを述べた。無論日常生活の中で体験した出来事をそのまま歌ったものについても、それが語り物であるためには、内容に一つの話としてまとまったものを持っていながら、更に作品中に語り物でなければ現れ得ない特徴を持ち合わせていなければならないのだが、この種のものも抒情詩とは違う叙事詩の副次的な一分野として、それなりに特徴のある作品群を形成している。しかも、その中には、人気があって長く伝承されたと見られる作品もあるので、その具体例を一つ翻訳紹介することにする。

この作品は、「玉台新詠」には、「古楽府詩《こがふし》六首」の第一首として「日出東南隅行《にちしゅつとうなんぐうこう》」という標題で収められており、宋の郭茂倩《かくもせん》の「楽府詩集」では、「陌上桑《はくじょうそう》」という題が付けられている。

日は東南の隅から昇る——道の辺の桑の木——
日は東南の方から昇り　我々の秦《しん》の家の高殿を照らします
秦の家には良い娘がいて　その名前を羅敷《らふ》と言います
羅敷は養蚕が上手で　この日も街の南郊で桑を摘みました
青い糸で籠の縄を作り　桂の枝を籠の鉤にしていました
頭には流行の倭堕《わだ》の髻《けい》　耳には真珠の耳飾
緑の綾絹の裳裾を穿き　紫の綾絹の胴衣を着ていました
道行く者は羅敷を見ると　荷を降し鬚《ひげ》を捻《ひね》って見とれます
若者は羅敷を見ると　頭巾を脱いで挨拶します
鍬《くわ》で耕す者も手を休め　鋤《すき》を使う者は鋤を忘れます
家に帰って怒鳴りあうのも　単《ひとえ》に羅敷を見たがため

日出東南隅行（陌上桑）
日出東南隅 照我秦氏樓
秦氏有好女 自言名羅婦
羅敷善蠶桑 采桑城南隅
青絲爲籠繩 桂枝爲籠鉤
頭上倭墮髻 耳中明月珠
緑綺爲下裙 紫綺爲上襦
行者見羅敷 下擔捋髭鬚
少年見羅敷 脱巾著帩頭
耕者忘其耕 鋤者忘其鋤
來歸相喜怒 但坐觀羅敷

お殿様が南の方から来ましたが　馬車は止まって進みません
お殿様は役人を行かせ　あれは誰の家の美人か問いました
秦の家には良い娘がいて　その名前を羅敷と言います
羅敷の年は如何ばかり　二十歳と言えばまだ足りず
十五と言えば余りあり
お殿様は羅敷に挨拶しました　「一緒に乗りませんか」
羅敷は前に行って言いました　「愚かな事を仰いますな
お殿様には奥様がおありでしょう　羅敷にも夫があります
東方の千余騎の騎馬隊の中で　夫はその頭を務めます
夫を見分ける方法は　白馬に乗って黒毛の馬を従え
青い絹の紐を馬の尾に結び　黄金の飾りを馬の頭に付け
腰には轆轤の剣を差し　その値も千万銭余りです
十五歳で郡の役人になり　二十歳には朝廷の重臣
三十歳で天子の侍従　四十歳で一国一城の主になりました
容貌は色白の美男子で　ふさふさと鬚を蓄えています
ゆったりと役所に歩み　落ち着いた物腰で御前に進めば
居並んだ数千人の人々が　皆夫の素晴らしさを讃えます」

使君從南來　五馬立踟躕
使君遣吏往　問此誰家姝
秦氏有好女　自名爲羅敷
羅敷年幾何　二十尚未滿
十五頗有餘
使君謝羅敷　寧可共載不
羅敷前置辭　使君一何愚
使君自有婦　羅敷自有夫
東方千餘騎　夫婿居上頭
何以識夫婿　白馬從驪駒
青絲繫馬尾　黃金絡馬頭
腰間轆轤劍　可直千萬餘
十五府小吏　二十朝大夫
三十侍中郎　四十專城居
爲人潔白晳　鬑鬑頗有鬚
盈盈公府步　冉冉府中趨
坐中數千人　皆言夫婿殊

日常生活の中で心を引かれる出来事にもいろいろな種類があり、中には先に紹介した「不幸に死んだ夫婦の物語」のように一つの独立した話として作り直さなければ伝えられない深刻な伝聞体験もあれば、日常生活の中で偶然起こった出来事が、それが稀有な物であり且つ偶然の出来事であったために、その場限りの出来事として伝える事に意味がある場合もある。この「日出東南隅行」(陌上桑)はそういう作品であった。この種の体験は、その多くが生活の中の一ポイントに過ぎない所を捉えるものだから、多くの場合ごく短い作品として語られる。しかし、その中には、この「日出東南隅行」のように、作品に表された主題が多くの人の共感を呼ぶものであったために、小さい作品でありながら、人口に膾炙して長く伝えられた作品もあった。

作品中に見られる語り物でなければ現れ得ない特徴を拾えば、三箇所くらいはすぐ指摘できる。始めの第二聯で「秦氏有好女　自言名羅敷(秦の家には良い娘がいて、その名を羅敷と言います)」と女主人公の名を紹介するが、この語り口は僅かに二字を置き換えただけで、作品の中程、殿様が家来に女主人公の素性を尋ねさせた所に、その答えとして繰り返される。「秦氏有好女　自名爲羅敷(秦の家に良い娘がいて、その名を羅敷といいます)」。このように、ほとんど同じ句作りを殊更繰り返す例は、先の「不幸に死んだ夫婦の物語」でも見た。更に、先の作品では、当該箇所に年齢を一歳刻みに刻みながら女主人公の成長過程を述べる語り方を見たが、この「日出東南隅行」では、同系統の語り口を、女主人公が自分の夫の栄達過程を「十五府小吏、二十朝大夫、三十侍中郎、四十專城居」と、年齢を刻みながら述べる語り方に見ることができる。

更に付け加えるならば、この作品も全体を奇数句でまとめているのだが、その原因は、作品の中央、「羅敷年幾何(羅敷の年は如何ばかり)」の一句の挿入にある。この疑問提起は、芸人が女主人公の若さを強調するために殊更行なったもので、更に直接「十七八」と言う代わりに、「二十尚未満 十五頗有餘（二十歳と言えばまだ足りず、十五と言えば余りあり）」と持って回った二句一対を答えとする。そして、この答えの二句一対から最後まで後半部分を新たな二句一対形式で語り収めるのである。

以上はこの作品の文章表現に見られる語り物独得の表現形式を指摘したのだが、この作品の女主人公について、特に注意しなければならない問題がある。

この女主人公秦羅敷の名前は、先の「不幸に死んだ夫婦の物語」の中にも現れていた。それは作中焦仲卿の母親が仲卿に嫁を離縁するよう勧めるために言った言葉に見られ、最初は、必死に妻を弁護して母親に嫁いびりをやめさせようとする息子に対して、後添えはすぐにもらってやるからと言い、良い嫁の候補として推薦する言葉として現れている。そして、後に妻が自殺した情報を得て後を追おうとする息子を引き止めるために発した言葉の中にも、また同内容の言葉が繰り返し現れ、ここには秦羅敷の名は省略されているが、同内容の文句から、ここでも秦羅敷を意識して言っていることが察せられる。このような例から見るに、当時秦羅敷の名前は賢くて若い美人を呼ぶ呼称として、語り物の中に頻出していた可能性が強い。

多分、女主人公の名を普通名詞化するほどに「日出東南隅行」の語りは人気があったということであろう。

第二章　志怪の生みの親となった「列異伝」

説唱陶俑　四川郫県漢墓　東漢晩期

一、「列異伝」の逸文五〇種の主題について

魏文帝の勅命を奉じて「列異伝」編纂の実務に当たったのがいかなる人物であったかについては、何の資料も残されていず、全く知る手懸りがないが、文帝の勅命が事実であって、死後三〇年以上を経て完成したのも事実であったとすれば、伝承説話の採集と編成に関しては、当初からかなり厳しい条件が課されており、それを忠実に実行できる能力と人柄を持った人物が選ばれていたに違いないと思われる。実際に現地で説話の採集に当たるのは、各地に派遣されていた官吏の仕事だったのだろうが、それを集めて取捨選択し、選ばれた話の文章の表記を揃え、筋書きを主とした検索に便利な文体に整える仕事は中央に勤める学者の仕事であったろう。そして、それを更に主題別に分けた上で、事項別に見出しを立て、「話ばかりを集めた類書」に編成する。それら全ての作業が全く前例のない中国で初めての試みであったとすれば、場合によっては三〇年を費やすこともありえたかも知れない。なぜなら、先に述べた機械的な編集作業に優先する最も重要な課題として、集まって来た数多くの原話の中から、けれんみのない純朴な民衆の持つファンタジーを選び出す事が課せられていたと思われるからである。

それにしても現在見られる逸文五〇種は、原形を想像するにはあまりにも少な過ぎる観があるが、この逸文の内容を主題別に分けて見ると、多岐に分散し、無作為に話を集めていた事が想像されるのである。無作為に多くの話を集め、その中から上記の厳しい選択作業を行なって、その結果を主題別に分類整理して検索の便を図れば、そこに「話ばかりを集めた類書」ができる。

その「話ばかりを集めた類書」を、身分の低い者の伝える伝承説話を主として集めて作ったものが「列異伝」だっ

たと考えられるのである。それは、文帝曹丕の「典論論文」に名を挙げられる才子の作った名作とは比較にならないものだが、長年頑なな儒者官僚の下で枯渇し切った文章の生命に息を吹き込むには必要なものであった。そのため、話はあらゆる分野にわたって選り好みせずに集められたはずである。魏の王朝が短命に終わり、その下で作られた「話ばかりを集めた類書」も規模の小さなものではあったが、この編纂事業によって実現した、それまで日の目を見なかった下層文化を吸い上げ文化の刷新に役立てる精神は、六朝期を通じて以後も受け継がれ、数多くの個性ある志怪書を生み出すことになった。わずか三巻という小さな規模の志怪書のどこにそれだけのエネルギーがあったのか。

その素は集められた話の持つ屈託のないファンタジーであったと私は思う。現在残された「列異伝」の逸文はわずか五〇種と少ないが、この五〇の話を素直に味わう時、そこに何とも言えない素朴な話者の夢を感じることができる。

その話者の夢をできるだけ自然に引き出すために、まず「列異伝」の逸文五〇種を主題別に分けてみると、その結果は以下のようになる。

（一）神との交わり（以下主題の前に記した数字は魯迅の「古小説鉤沈」中の逸文の通し番号である。）

一、黄帝の墓陵

一〇、蝗《いなご》を退治してくれる神怪

二〇、胡母班が泰山府君の手紙を河伯に届ける話

二一、度朔君始末。度朔君という神が追い詰められて本性を現し、殺されるまでの話

二五、神になった男の話

二六、偶然神から鬼を譴劾《けんがい》する方を授かる話
三三、神女が来遊する話
三四、三五、神に好かれ施しを受けた男の話
四九、神域廬山の鵞鳥《がちょう》を襲った狸が懲らしめられる話

（二）祠廟の由来

二、三、陳宝祠由来。秦の穆公が雌雄の雉の内、雌雉を得て覇者になった話
四、五、怒特祠由来。秦の文公が神木の梓を切って木の中から牛を追い出した話
一九、蔣侯廟由来。賊の討伐に傷ついた蔣子文が生前の予言通り神になる話
三八、廬江の神と交わった男の話
三九、石侯祠由来。路上の小石に願を掛けると、本当にその石に神霊が宿った話

（三）冥界との交流

二三、死んだ息子が冥界から冥界での転職を手伝ってくれるよう親に依頼する話
三二、死ぬ人間が蘇生する事を予言して死に予言通りに蘇生する話
四一、泰山神の手紙を天帝に届け死んだ妻を生き返らせてもらった男の話
四二、死んだ食客の恩返しにいつでも欲しいものを出してもらえるようになった話

（四）幽霊との交わり

九、死んだ父親が五歳の息子を霊媒にして家族に遺言する話

一一、幽霊が死後自分に掛けられた冤罪を実証し恥を雪ぐ話
一三、殺され金品を奪われ埋められた女の幽霊が通りかかった役人に訴え出る話
二八、幽霊を売って金を儲けた男の話
三一、冥界から会いたい者の霊を呼び出してくれる道人の話
四〇、幽霊と結婚して子を生ませ親子共々出世した男の話

(五) 妖怪の話

八、前漢の方士魯少千の妖怪退治
一二、蛇の妖怪を退治した方士寿光侯の話
二七、妖怪を退治して巨万の富を得た男の話
二九、少女が悪戯に荻で鼠を作り呪いをかけた所が本当にそれが祟りをなした話
四三、督郵（地方査察官）が人を殺していた古狸を退治する話
四五、鯉が妻になりすまし男のベッドに通ってくる話
四六、夜中枕がほとぎ（甕の一種）と言葉を交わす話
四七、鼠の妖怪が現れ死ぬ時刻を知らせるが無視すると鼠が自滅してしまった話

(六) 自然にできた珍しいものの話

二四、火《か》浣《かん》布《ぷ》の着物をもらった男の話
四四、山で紫色の着物の女性や真っ赤な鶏を見て紫玉や赤玉を得た人々の話

四八、望夫石。遠く従軍した夫を山上から見送った女性が石になった話

（七）方士伝説

八、（前出）魯少千の妖怪退治

一二、（前出）寿光侯の妖怪退治

一五、一六、一七、後漢の方士費長房の伝説

二六、偶然鬼を譴劾する方を授かった男の話

三四、三五、陳節方が神から恩恵を受ける話

三六、三七、蔡経が神と交わる話

（八）人間の不思議

六、干将莫邪の子が父の仇を討つ話

七、信陵君が鳩をいじめた鷂《はしたか》を見つけて罪をとがめる話

一四、廻りあいの話。旅先で死を看取った男の連れていた馬の縁で出世した男の話

一八、桓帝の馮夫人が死後七〇年を経ても遺骸が朽ちずにあった話

二二、華歆《かきん》が新生児に運命を授ける神の会話を聞いて自分の運勢を予知する話

三〇、人間が白鹿に変わって孫に射殺される話

五〇、関令尹喜が紫の気の立ち込めるのを見て老子の来訪を予知した話

以上が「列異伝」の逸文五〇種を主題別に分けてみた結果である。元の「列異伝」の分類がいかになされていたか、今となっては知りようもないが、これ以上細かく区分することは、無駄であろう。「列異伝」の時代には、談論の風習もまだ盛んではなく、神滅不滅論の議論も少数の人間の間に限られていた。儒・仏・道の三大宗教間には、信者獲得のための講説から生まれる説話もあったはずなのだが、「捜神記」や「幽明録」に見るような他宗教を攻撃する激しいものはまだなかった。残された逸文に見る話の主題を無作為に分けたこの分類からも、集められた話の主題が多岐にわたっていたことは充分に知られる。次節で話の記録の形式を問題にするが、干宝の「捜神記」以降の六朝志怪が原則的に全て「列異伝」の編み出した話の記録の仕方を襲っていることも事実なのである。

二、六朝志怪の文体と伝説の記し方について

六朝時代に実際に語られていた「語り物」については、すでに第一章でその実例を見た。「語り物」三種の内、「不幸に死んだ夫婦の物語」が元々志怪に記された伝承説話と軌を一にするものであることもすでに述べた。これまた時代が「太平広記」の編まれた宋代まで下れば、語り物芸人の立場に立って随筆を書く者も現れ、話の種本としての説話集の使い方を説く者も出てくるのだが、六朝時代には、語り物芸人を擁する庶民文化がまだそこまで発達しておらず、「語り物」の記録はたまたまそれに興味を覚えて記録に残すことを企画してくれる知識人の出現を待つのみであった。

「玉台新詠」に収められた「不幸に死んだ夫婦の物語」にしても「陌上桑」にしても、「玉台新詠」を愛読した

時の知識人達が好んで口ずさんだものであったろう。しかし、彼らは自分たちの好みに合せて「語り物」を拾い上げることはあっても、庶民階層にいる語り物芸人の立場に立って彼らのために「語り物」を記録し残したわけではなかった。

しかし、そのような身分の格差がありながら、六朝時代の「語り物」の記録が、数は少ないながら際立って伝えられている原因はどこにあるか。その源を開いたのが「列異伝」だったと考えられるのである。そして更に、事の起こりは後漢末建安年間に、曹操のサロンを中心に後漢末までに枯渇し切った文化を刷新すべく起こされた新文化運動にあった。それは後世の文学史家によって「建安文学」と名付けられる一連の気骨に富んだ新しい文学の提唱であった。

乱世の英雄として、己の力量だけを頼りに権勢を蓄えて来た曹操は、乱世に使える才覚を持った人物を得るために、広く天下に檄を飛ばし才子を募った。今日当時の彼の檄文が残されており、仮に「賢を求むる令」「逸材を求むる令」と名付けられているのがそれである。

彼は言う、

「あるいは将軍となって城を預かれる力量があるのに汚名を負い、人に笑われるような行ないを犯してしまった者がいるかも知れない。またあるいは心が生れ付き残忍で親孝行もできない者だが、国を治め軍隊を動かす術はわきまえている者がいるかも知れない。それぞれ知っている者を推挙して遺漏のないようにせよ。」

「不仁不孝」は問わない、戦国に使える才能を有する者を推挙せよという曹操の大胆な人集め政策は、治世の面だけでなく、集った才子たちの文才を引き出す面にも注がれた。彼の呼び掛けに呼応して集った才子たちは、曹操の目の前で、厭戦思想を文章に表し、反戦を唱えた。王粲《おうさん》の「七哀」や陳琳の「飲馬長城窟行」はこのような所に生まれたのである。

曹氏一族の文学サロンに発したこのような度量の大きい文化運動は、やがて曹操の長男曹丕が禅譲により、献帝の譲りを受けて帝位に即くと、父親の後を継いでそれを文化政策として具体化し、実践したから、そこに「皇覧」一二〇巻の勅撰類書の編纂も行なわれ、父親の開いた異端をも抱え込む度量の大きい文化運動については、その間口を更に広げて広く民間文化の吸い上げを図ることとし、そこに作られたのが、中国で初めての伝承説話集「列異伝」であった。伝承される話自体に記録すべき価値を認めて、話ばかりを集めた伝承説話の類書を作る事業は、こうして企画された。

実際に説話集を編むに当たって、始めに苦労を強いられたのは、恐らくその文体を定めることであったと思われる。説話の資料は、各地に派遣されている官吏から情報を集めたのであろうが、そうして集めた原資料は、話の規模も違えば語られた言葉も違い、到底そのままでは一本に収まらないものであったはずである。そこで編み出されたのが、標準語による筋書きを主とした簡素な文体であった。それがいわゆる志怪の文体である。更に、記録の形式としては、話の主人公の名を始めに掲げる伝記の形式が取られることになった。しかし、これはあくまでも形式の問題であって、始めに名を掲げられた人物が必ずしも記録に留められる必要のある人物とは限らないのである。その証拠は、六朝志怪の話を広く比較しながら読んでいけば自ずから明らかになってくることだが、始めに掲げられた人物が誰であるかに関わらず、話の内容に昔話として独立できる筋を持っていて、人物に関係なく話が伝承される性質を持っている場合が多いのである。

従来の民俗学では、伝承説話の内、「伝説」と称されるものは、特定の人物か特定の土地にまつわり伝えられるものとして知られ、「昔々ある所にお爺さんとお婆さんが住んでいました。」で始まる「昔話」とは性質の違う話として区別されていた。しかし、六朝志怪には、その区別がなかったようである。話の始めに掲げられた人物名が、どこの誰とも知られぬ無名に等しい人物であったとすれば、「伝説」の形を取っているのは、形式ばかりの事で、実際は「昔話」であった可能性もあるのである。また、それとは逆に話の始めに掲げられているのが一国の国主であったとしても、話の内容に普通「昔話」に見られる序破急の三段構成や、他の説話との間に筋の貸借関係が生じているような例もある。そういう六朝志怪の現状に鑑みれば、従来の民俗学が近現代の伝承説話に関して行なっていた分け方を六朝志怪に当てはめようとするのは、土台無理なことかも知れない。このことについては、更に次節で詳しく考察する。

珍しい話を集めてそれを伝記のスタイルで記す。そこに「列異伝」の名称が生まれたのである。

三、「列異伝」の逸文に残された話に見る序破急の三段構成について

先に序破急の三段構成が「昔話」の基本的なスタイルであることを述べた。それでは、実際に「列異伝」の逸文のどれ程のものにその三段構成が見られるのか。数字を示したいと思う。私が数えた所では、逸文五〇種の内、六割に近い、二八・五種の話にその三段構成を見ることができた。この数字の〇・五種について説明を加える。実は前節の末に述べた「話の始めに掲げられているのが一国の国主でありながら、話の内容に序破急の三段構成が

見られる」例というのが、この数字に該当するのである。そこで、逸文の全訳に先立って、この話だけを抜き取って訳してみる。

秦の穆公の時、陳倉県の人で、地面を掘っていて不思議なものを掘り当てた人がいた。その形は犬ともつかず、羊ともつかないものであった。人々に聴いて回ったが、名を知る者はいなかった。そこで、それを引いて行って穆公に献上することにした。途中で、二人の少年に逢った。少年が教えてくれた。

「これの名前は媪《おう》と言う。いつも地下にいて死人の脳を食っている。もしこれを殺したければ、柏《ひのき》の枝をその頭に挿せばよい。」

すると、媪が言った、

「あの二人の少年は名前は陳宝と言う。雄を捕まえた者は王者になり、雌を捕まえた者は覇者になる。」

それを聞くと、陳倉の人は媪を見捨てて、二人の少年を追った。少年達は雉に化けて林に飛び込んだ。陳倉の人がこれを穆公に告げると、穆公は人を集めて大掛かりな狩りを行ない、雌の雉を捕まえた。すると雉は石に化けたので、それを汧《けん》水と渭水の間に置いた。文公の代になって、そこに祠を建て、陳宝祠と名付けた。雄の雉は南に飛んで今の南陽郡の雉県に留まった。秦はその事を記そうとして、県名にしたのである。いつも陳倉の祠の祭りの時に、長さ十余条もある赤い光が雉県から飛んで来て、陳宝祠の中に入り、雄雉のような声がすると言う。

この話は、媼の言った予言が的中する所で本来話が終わるはずなのである。それがここでは、秦の穆公、文公が登場する話なので、言わずと知れた覇者になったのだとして、結末を省略しているのである。これが、話の数に〇・五と記した理由であった。

いずれにしても、逸文五〇種の内、六割近くの話に序破急の三段構成が見られるという事は、昔話的な話の内容に興味があって話を集め記したと考えてよいと思われる。

しかし、残された逸文の実態は、魯迅が「太平御覧」や「芸文類聚」等の古い類書から採ったものが多く、それらの多くは、一つの話からの引用を僅かに一行数句で済ませている場合が多いから、そのような場合には、残された逸文の内容から元の話が知られれば、「捜神記」や「幽明録」など他の志怪書の中にその元の話を探し出して記さなければならない。

しかし、ここに一つの難しい問題がある。二十巻本「捜神記」が「列異伝」の逸文総数五〇種の内一九種という高い確率で話を共有してくれているということは、「列異伝」の復元作業にとっても甚大な効果をもたらしてくれることには違いないのだが、「捜神記」が「列異伝」に次ぐ六朝時代二番目の説話集であるとは言っても、この両者の間には、その編集方針に一八〇度転換を余儀なくされるほどの相違がある。

「捜神記」中に魏朝を忌避するいくつかの話が見えることについては、「序」にすでに述べたが、これは話以前の問題として魏朝政権そのものを嫌う傾向があったということでもあり、説話集「捜神記」の編集については、歴史家干宝の立場からする方法論があったのである。そして、それは、曹丕が「列異伝」によって具現しようとした民衆の持つファンタジーとも違うものであった。

しかし、それならば、なぜ両者の間に三八パーセントという高い確率で話が共有されているのか。それは、両者とも伝承説話を母体とする説話集だからである。伝承される素材そのものは両者の間に共通する話であって、純粋な意味での客体だからである。例えば、「捜神記」が「成公知瓊《せいこうちけい》」の話の後に、大康年間以降の話を付け足しているのは、伝承の跡を付け足したのである。

そのようにして、まずは「列異伝」の収めていたはずの五〇種の話を翻訳紹介することにする。

四、「列異伝」の逸文から読み取れる話

（話の順序は、先の主題による分類の順序に基づいて決める。話の始めに記す番号も魯迅「古小説鉤沈」の通し番号である。）

（一）神との交わり

一、黄帝の墓陵

黄帝は橋山に葬られた。その後山が崩れたが、屍はなく、ただ剣と舄《せき》だけがあった。

注　橋山——陝西省中部県の西北にある山。

舄——底を厚く重ねて作ったくつ。

一〇、蝗《いなご》を退治してくれる神怪

漢中に欒《らん》侯という名の鬼神がいた。いつも家の承塵《ちりうけ》の上にいて、魚の酢漬けや野菜が好きでよく食べた。物事の吉凶を予知することができて、忠告してくれた。甘露年間、蝗の大群が発生して、至る所の穀物を皆食い尽くした。太守は欒侯のいる家に使いを送って、この事を告げ、魚の酢漬けと野菜を供えて応援を頼んだ。欒侯は使者の役人に言った、

「蝗などは大した事ではありません。出たらすぐ退治しましょう。」

そう言い終わると、パッと飛び出して行った。役人はそれを見て、何となく鳩に似ているような気がしたが、声は水鳥のようだった。役人は役所に帰ると、詳しく太守に報告した。すると、欒侯の約束通り、何万何億という鳥の大群が飛んできて、たちまち蝗を食い尽くしてくれた。

注　漢中――郡名。今の陝西省南鄭県の東。
　　承塵――座席の上にごみや塵を受けるために作られた板。
　　甘露――年号。二五六年から二五九年まで。

承塵

二〇、胡母班が泰山府君の手紙を河伯に届ける話

(この話の逸文は「太平御覧」の引いているわずか一行三句のみなので、二十巻本「捜神記」巻四の話を翻訳紹介する。)

胡母班は字を季友と言い、泰山郡の人であった。ある時泰山の辺りに通りかかると、不意に木立の間から赤

い着物を着た従卒のような身なりの男が現れて、班を呼び止め、

「泰山府君がお呼びです。」

と言った。班が驚きうろたえて答えずにいると、また別な従者が出て来て彼を呼んだ。そこで彼らについて数十歩ばかり進むと、従者は班にしばらく目をつむっていてくれるように言った。しばらく行ってから目を開けると、宮殿の建ち並ぶ境内にいた。建物の様子は、いかにも厳粛なものであった。班はその中央にある本殿に入って泰山府君に拝謁した。泰山府君は班のために食事を振る舞い、こう告げた、

「貴方をここに呼んだのは格別なことではない。手紙を娘婿の所に届けてもらいたいのだ。」

班は尋ねた、

「婿殿はどこにおられるのですか。」

府君は答えた、

「娘は河伯の妻になっている。」

班がまた尋ねた、

「それではお手紙はお届け致しますが、どうやったらそこに行けるのでしょう。」

府君が答えた、

「まず黄河の中ほどまで舟を漕ぎ出したら、舟端を叩いて宮女を呼べばよい。そうすれば、手紙を受け取る者が来るはずだ。」

班が手紙を預かって退出すると、例の従卒が来てまた目を閉じさせた。しばらくして目を開けると、何とも

と来た道に戻っていた。班はそのまま西に向い、府君に言われた通りにして宮女を呼んだ。しばらくすると、府君の言葉通り一人の宮女が現れて、手紙を受け取ってまた水に潜っていった。しばらくするとまた出てきて、班に言った、

「主人の河伯が貴方様にお会いしたいと申しております。」

宮女はまた班に目をつぶらせた。班はそのまま付いて行って河伯に拝謁した。河伯は班のために酒宴を開いてくれて、言葉遣いも慇懃に、鄭重にもてなしてくれた。やがて班がいとまを告げると、河伯が言った、

「貴方が遠路手紙を届けて下さったのに、これと言ってお礼に差し上げるものもございませんが。」

そして近侍の者に命じた、

「私の青い絹の履《くつ》を持ってこい。」

そしてそれを班に贈ってくれた。班は退出したが、また宮女に導かれて目を閉じていると、いつの間にか元の舟に戻っていた。

班はそのまま長安に行き、一年を過して戻ってきたが、泰山の辺りまで来ると、そのまま通り過ぎるのも気がとがめて、木を叩いて姓名を名乗り、

「長安から戻ってきたところですが、ご消息を申し上げようと思いまして」

と言った。しばらくすると、以前の従卒が出てきて、班を導いた。前のようにして入っていき、河伯からの返書を差し出した。府君は、

「また改めて手紙を送るから、宜しく頼みたい」

と言い、班から河伯の様子を聞いた。班は話し終わると便所に行ったが、その通りがかりに思いがけず自分の父親が、首枷を嵌められたまま労役に服している姿が目に入った。同様に服役している者は数百人もいる様子であった。班はそこに行き、涙を流しながら尋ねた、

「お父さんは何でこんなことになったのですか。」

すると、父親が答えた、

「私は死んで運悪く、三年の刑を言い渡されたのだ。今はすでに二年勤めたことになるが、この苦労は何ともやりきれないものだ。お前は今府君様と知り合いになっているようだが、私のために何とか話してこの労役を免れさせてくれないか。できることなら、故郷の鎮守の神になりたいと思っているのだ。」

班は府君の前にひれ伏して、父親に言われた通りにその言葉を伝え、父の望みを叶えてくれるように懇願した。府君が答えた、

「生死はそもそも路を異にしているのだ。近付いてはいけないぞ。お前自身がどうなってもよいのか。」

それでも、班が一生懸命懇願するので、府君は仕方なくその願いを聞き入れた。

班は安心して退出し、家に戻ったが、一年余り経つうちに子供が死んで、ほぼ全滅しかかった。班は慌ててまた泰山に行き、木を叩いて、府君に謁見することを求めた。例の従卒が案内してくれ、班は府君に会うことができた。班はこう挨拶した、

「ご無沙汰しておりましたが、あれから家に帰りますと、一年のうちに、子供が死んで、ほぼ全滅しかかってしまいました。今日はまだ禍が治まっていないのではないかと気がかりで、事情を申し上げ、お助け頂きた

いとお願いに参った次第です。」

すると府君は手を打って大笑いしながら言った、

「以前君に『死生は路を異にしているのだから、近付いてはいけない』と言ったのは、このことだ。」

府君はすぐさま外界に命令を発して、班の父親を呼ばせた。間もなく御殿の庭に来た班の父親に府君が尋ねた、

「先に郷里の鎮守の神になることを望んだからには、家門のために幸福をもたらすのが当然なのに、子や孫が死んで全滅しかかっているというのはどういうわけだ。」

すると、班の父親が答えた、

「長い間郷里を離れていましたので、帰れたことが嬉しく、また酒や食事も充分頂けていましたので、孫達にもこれを味わわせたいと思い、呼んでしまったのです。」

そこで府君は鎮守の神を交代させることにし、班の父親は泣きながら出て行った。班はそれを見届けて家に帰ったが、それからは、子が生まれても皆無事に育ったと言う。

注　胡母班——後漢の執金吾。董卓のために働いて殺された。
従卒——原文は「騶」、主人の先導を勤める騎馬の部下。
泰山府君——泰山の神。話によっては、閻魔大王のように亡者の罪を調べて地獄に送り込む役回りを与えられていることもある。人の生死を司る神。
河伯——黄河の神。河川を支配する神。
鎮守の神——原文は「社公」。元は、神話に出てくる共工氏の子、句龍を祭ったもの。後には、各地に「社

公」の祠が建つようになり、事実上各地の鎮守の神になった。

(この話は、前半のみが「列異伝」の逸文に残されており、後半の部分が欠けているため、二十巻本「捜神記」の話によって補うが、この話は、非常に大きな問題を含んでおり、「列異伝」の後半部分が欠けているのが非常に残念だが、主人公の神が死ぬ前に子供を残していったというのが、問題の所在を暗示して面白い。)

二一、度朔君《どさくくん》始末

袁本初(紹)が権勢を誇っていた頃、河東郡に神が現れ、度朔君と名乗っていた。

人々は共同で廟を建て祭っていたのだが、兗《えん》州の蘇の家の母親が病気にかかり、書生の息子が祈禱をしてもらいに行くと、そこに白い一重の着物を着、魚の頭の形をした高い冠をかぶった人が現れて、度朔君に言った、

「昔廬山の麓で共に白い李《すもも》を食べた事があったが、あれから幾らも経つまいと思っているうちに三千年か。月日の経つのは早いもので、全く呆れるばかりだよ。」

その人物が去った後、度朔君が書生の息子に言った、

「あれは南海君だよ。」

その息子は「五経」を学んでおり、特に「礼記《らいき》」が得意だった。そこで、度朔君は息子と「礼」を論じたが、息子はかなわなかった。息子が母の病気を救ってくれるよう頼むと、度朔君が言った、

「君の住まいの東に古い橋があり、誰かがこれを壊した。この橋の通行を考えれば、君の母がこれを壊したに違いない。橋を直すことができれば病気は治る。」

曹公が袁譚を討った時、彼は部下を度朔君の廟に行かせて、絹千匹を供出するよう求めた。しかし、度朔君はそれを与えなかった。怒った曹公は張部《ちょうこう》を派遣して廟を壊させようとした。その軍隊がまだ廟から百里も離れた所で、度朔君は、兵数万を向かわせ、路を塞いだ。張部の軍隊は、廟まであと二里という所で、雲霧に取り巻かれ、廟の所在が分からなくなった。度朔君は、廟の主簿に言った、

「曹公は気が盛んだから、避けた方が良いぞ。」

その後、蘇の家の隣家に、神が下り、度朔君の声で言った、

「昔ここに移り住んでから三年経ってしまったが、曹公に使いを出して、言ってくれないか『廟を修復して欲しい。それにここは土地が衰えていて、住める所ではないので、当面仮住まいさせてもらいたい』と。」

曹公は、使いの者から度朔君の頼みを聞くと、

「大いに結構だ。」

と快諾し、城の北楼を改修して、そこにいさせることにした。

それから数日後、曹公は狩りをして獲物を得た。大きさは麑《げい》のようで、足は大きく、毛は雪のように真っ白で柔らかく、すべすべしていて可愛らしかった。曹公はその顔を撫でていたが、何と呼んでよいか分からなかった。

すると、夜間楼上で哭《な》き声が聞こえた、

「子供が出ていって帰らないよ。」

曹公は、手を打って言った、

「この子は『真哀』（本当に滅びる）と呼ぶことにしよう。」

朝になると、犬数百頭を引いてきて楼閣の下を取り巻かせた。犬は匂いを嗅ぎ付けて建物の内外を走り回った。ついに獲物が現れ、その大きさは驢馬《ろば》ほどで、自分で楼閣から跳び下り、犬に噛み殺された。こうして度朔君は滅んだのである。

注　この話は、唯一「神が死んだ」という非常に大きい問題を提起している話である。「列異伝」の文章が欠けているのが残念だが、「捜神記」の文章でも死んだ度朔君の子が残っているという事で結論を保留しているので、何とも言い切れない宿題を残しつつ、曹操の異常な力を強調した形で終わっている。

袁本初――諱《いみな》は紹。本初は字。原文は「袁本初時」。後漢末董卓を討って連合軍の頭になっていた頃のこと。袁譚は息子。

南海君――南海を鎮守する神。

五経――儒学の基本的経典。「礼記」はその中の一つ。守るべき社会の掟、習慣等を説いた書。

麑――鹿の子。

二五、神になった男の話

呉の時代、長沙郡の鄧卓は神になり、馬車で迎えられた。見るもの全ては眼下にあったが、ちらちらと雪のように真っ白なものが見えるので馬車の御者に尋ねると、「あれは海上を鶴が飛んでいるのです。」と答えた。すると、同乗していた一人が鶴の卵数個を取り出して卓にくれた。

注　呉の時代――原文は「呉時」。長沙が魏の版図に入る前という意。

二六、偶然神から鬼を譴劾《けんがい》する方を授かる話

（方士伝説で詳述する。）

三三、神女が来遊する話

（この話は、「列異伝」の逸文にはわずか一行二句しか残されていないため、二十巻本「捜神記」第一巻の話によって記す。）

魏の済北郡の従事掾《じゅうじえん》であった弦超、字は義起は、嘉平年間のある夜、一人で寝ていると、夢に神女が現れて寝所を共にした。彼女は自ら名乗った、

「私は天の玉女になっていますが、元は東郡の住民でした。姓は成公《せいこう》、字は知瓊《ちけい》と申します。早く両親に死に別れ、天帝が私の身寄りのないのを哀れんで、天の玉女にしてくれたのですが、この度私に下界に嫁ぎ、夫に従うようお命じになりました。」

超は、夢の中で、何とも爽やかこの上ない気分になり、その地上の者とは違う美しさを心から堪能し、目覚めてから思いやっても、夢か現か分からない状態であった。こういう事が三四晩続いた後、彼女はある日顕然と来訪したのであった。馬車に乗って荷車を従え、八人の侍女を従えて、薄い綾絹の刺繍を施した着物を着、姿形は絵で見る飛仙《ひせん》のような様子で、自分では七十歳と称していたが、実際に見れば十五六の娘のようだった。馬車には壷や酒樽が置かれており、青白色の瑠璃の食器が一揃え備えられていた。食べるものは皆珍しいものばかりであった。食事には甘酒が用意され、彼女は超と一緒に飲食した。彼女は超に言った、

「私は天の玉女で下界に嫁がされた身なのです。だから貴方に従って生活しますが、お徳を頂くことをねだったりはしません。しばし運に感じて夫婦になりましょう。貴方にとって、益にもなりませんし、損にもなりませんが、往来するにはいつも足の速い馬車に乗れますし、肥えた馬に乗ることもできます。飲食は、遠方の珍味を取り寄せて食べることができます。衣服もいつも充足して不足することはありません。しかし私は天界の者ですから、貴方のために子を生むことはできませんし、また嫉妬することもありません。だから貴方の婚姻については一切邪魔になるようなことはありません。」

そう言って、彼女は超と夫婦になった。その記念に一篇の詩を贈ってくれた。その文句には、こう言っている。

「ひらひらと宙に浮んでたちまち一人解き放たれ、群雲や仙石の世界から地上に降りてきました。この私に特別な配慮は要りませんのに、帝はわざわざ私のために猶予の時を限って下さいました。神仙の世界にどうして空言がございましょう。運に任せて貴方の所に降ってきたのです。私を受け容れて下されば貴方のご一家は栄えましょうが、私に逆らえば禍が訪れるでしょう。」これがその詩のあらましである。その詩句は全部で四〇句以上あって、書き尽せるものではない。また、「易」の七巻に注釈を付け、卦も、象も具わったものをくれた。それは篆書《てんしょ》で書かれており、文句は全て筋が通っていた。また、それを使って吉凶を占うこともできた。丁度揚子の「太玄」、薛氏の「中経」のようなものだった。超は皆よくその意味を理解して、占いに用いることができ、自分で「夫婦経」というものを作った。

そのようにして七八年を過ごした後、超の両親が超に嫁を娶らせたので、それからは酒宴も日を分けて行ない、寝床を共にするのも日を分けて行なうようになった。彼女が来る時は、夜来て朝帰るのだが、たちまち飛ぶようにして移動し、超にだけ見えて、他の者には見えなかった。暗い部屋にいてその姿は見えなくてもその声は聞こえ、外を歩いても足跡は見えても、姿は見えなかった。その後、様子を怪しんで尋ねた者がいて、超はうっかりその事を漏らしてしまった。それを知って、玉女は暇乞いをした、

「私は神の国の者なのです。貴方と交わっても、他の人には知られたくありません。ところが貴方が迂闊だったために、私の全てが露見してしまいましたから、もう貴方と交際することができなくなりました。長年交際を続けて、受けたご恩も軽いものではございません。一旦お別れすることになってみれば、どうして悲しまずにおられましょう。それでも、成り行き上仕方がないのです。お互いに我慢して頑張りましょう。」

また、侍女や御者を呼んで、酒の支度をさせ、共に別れを惜しんでから、籠の中から織り上げた長着二着を取り出して超に贈り、また記念の詩を一首贈って、手を取り合って別れを告げ、泣きながら別れて、思い切ったように車に乗り、飛ぶように去って行った。

超は憂いに沈んだまま日を過ごし、ほとんど立ち上がれない状態になってしまった。

彼女が去ってから五年経って、超は郡の使者として洛陽に行ったが、済北の魚山の麓辺りを西に進むうち、遠くの方の道の曲がり角に一台の馬車を見かけ、それがどうも知瓊に似た様子なので、走って近付いてみると、やはり間違いなかった。そこで帳を開いて向かい合い、悲喜交々迫って懐きあい、馬車に同乗して洛陽に行った。そしてそのまま居を構え、昔と変わらぬ仲睦まじい生活を送った。

（「捜神記」では、この後に「太康年間に至ってもまだその生活が続いていた。」とあるのだが、それは、後に付け足された部分と見て、ここでは削除する。）

注　卦、象――「卦」は占いの結果出た形。「象」はその形が示す予兆。
揚子の「太玄」――揚雄の「太玄経」。
薛氏の「中経」――秘蔵される仙経の意味と思われるが不明。著者の薛氏も不明。

三四、陳節方が神から恩恵を受ける話（その一）
（方士伝説で詳述する。）

三五、陳節方が神から恩恵を受ける話（その二）
（方士伝説で詳述する。）

四九、神域廬山の鵞鳥を襲った狸が懲らしめられる話
廬山の辺りには、いつも野生の鵞鳥が数千羽群を成しているのだが、長老の伝えた話では、ある時一匹の狸がその鵞鳥を食ったことがあって、翌日になるとその狸が河の中州で泣きわめいていた。様子を見ると、どうも縛り付けられているようだった。
注　一、廬山――江西省星子県の西北にある山の名。神域として言い伝えられていた。

（二）祠廟の由来

二、三、陳宝祠由来

（先の説明文中に訳出したため省略する。本章第三節「列異伝」の逸文に残された話に見る序破急の三段構成について）

四、怒特祠由来

武都郡の故道県に怒特祠という祠があり、言い伝えによると、その神はもと南山の大きな梓の木だったそうである。

秦の文公の二七年にその木を切らせたところが、切るそばからその傷がすぐ付いて元通り直ってしまう。文公はそこで四〇人の兵士を派遣して斧でその大木を伐らせることにしたが、それでもなかなか伐れなかった。疲れた兵士の一人が、足を痛めて動けないので、木の下で横になっていると、木の精が他の精と話しているのを聞いた、

「攻撃は手厳しいか。」

木の精が答えた、

「相当なもんだ。」

するとまた言った、

「しかし秦公はきっと諦めないぞ。」

木の精がまた答えた、

「しかしわしをどうにもできるもんか。」

するとまた他の精が言った、

「赤い灰を振りかけられたらどうする。」

木の精は黙ってものを言わなくなってしまった。

横になってその会話を聞いていた兵士が、隊長にそのことを伝えると、隊長は兵士たちに皆赤い着物を着せて木を伐らせ、伐るそばから灰を振りかけさせた。すると木は伐れて、牛に変化し、河に入ってしまった。そこで文公は木の神のために祠を建ててやったのだった。

注　武都郡――漢の郡名。この話は漢代の言い伝えとして記している。
　木の精の会話――後に節を改めて記すが、妖怪同士の会話を盗み聞いて妖怪を退治するプロットは類話の多いものである。

五、怒特祠由来（その二）　軍隊の由来

秦の文公が梓の木を伐らせた時、木が牛に化けたので、騎馬兵にそれを攻撃させたのだが、騎馬兵はかなわず、馬から落ち、髪の髻《もとどり》が解けてざんばら髪になった。牛はそれを怖がって河に逃げたのだった。そこで文公は木の神のために祠を建てると共に、旄頭騎《ぼうとうき》という軍隊を編成して戦いの先頭に立てることにした。

注　旄頭騎――「旄」は旗飾りに用いる牛の尾の毛。髻の切れたざんばら髪をそれになぞらえて騎兵の名称にしたもの。

一九、蔣侯廟由来

（「列異伝」の逸文は、一行三句しか残っていないため、二十巻本「捜神記」巻五の話によって記す。）

蔣子文は後漢末、秣陵《まつ》の尉《い》になっていた。酒好きで、女好きで、手が付けられないほどだった。いつも口ぐせのように自慢していた、

「俺の骨は奇麗だから、死んだら神になるぞ。」

ある日、賊を追って鍾山の麓まで行った時、賊は彼の額を撃って傷を負わせた。彼は腰に巻いていた綬《じゅ》を解いて傷を縛っていたが、少し経つと死んでしまった。呉の孫権の初年、彼の元の部下が子文を道で見かけた。白馬に乗り、白い羽扇を持ち、平生と変わらず侍従を従えていた。見た者は驚いて逃げたが、子文は後を追ってきて言った、

「私はこの地の神になってお前たち住民に幸せをもたらしてやる。お前は皆に言って、私のために祠を建てるがよい。そうしなければ、きっと大きな罰を与えるぞ。」

この年の夏疫病が大流行した。住民の中には彼を恐れて、密かに彼の霊を祭る者がかなりいた。子文はまた土地の巫《みこ》を霊媒にして、こう言った、

「私は孫氏のために大いに力を貸したいと思っている。だから私のために祠を建てるべきである。そうしなければ、皆の耳に虫が飛び込む禍を起こしてやるぞ。」

急に小虫の蝱《ぶよ》のようなものが人々の耳に飛び込み、それに襲われた者は皆死んでしまう事件が起こった。医者も治すことはできなかった。民衆は益々恐れたが、孫権はまだ信じなかった。すると、彼の霊がまた巫に乗り移って言った、

「まだ私を祭らないのなら、今度は大火災を起こすぞ。」

この年、火災が大発生して、日毎に数十箇所が焼かれた。ついに火は宮殿にまで広がったので、官僚の中にも、死者の霊のより所を作ってやれば、禍を起こさなくなるであろうから、そうして霊を鎮めるべきであると意見を述べる者が出た。そこで、呉の王宮では、使者を派遣して子文を中都侯に封じ、彼の弟の子緒を長水校尉として、皆に印綬を与え、子文のために廟堂を建て、鍾山の名を蔣山と改めた。今建康の東北にある蔣山がそれである。この時から禍は治まり、民衆はこの祠廟を大切に祭ったということだ。

注　秣陵の尉——秣陵は県名。今の江蘇省江寧県の東南にあった。尉は次官。

綬——ここは、房飾りの付いた組紐のこと。ベルトとして腰に巻いていた。

二一、神界で南海君と交流した度朔君

（前出。「度朔君始末」の前半。）

三八、盧江の神と交わった男の話

田伯は盧江府の太守になった。郡に移るに当たって、土地の鬼神盧君と交わったが、移動命令の期限が切れて、

廬江府の役所に入り、一ヶ月間会いに来なかった。祠を取り壊すことになった時、廬君が一人で会いに行き、県民と名乗って面会を求め、太守とこう約束した、

「百日経つと、間違いなく大きな都城に移ることになります。お願いですから、会いに来て下さい。」

その後果たして廬君が予告した期限通り沛国の相に移ることになったが、田伯は廬君に会いに行かなかった。ある日廬君に会ったが、田伯はそれから一ヵ月余り後に病気で死んでしまった。

注　廬君――廬江の女神。
沛国の相――沛は漢の高祖の発祥地である所から、呂后の時に侯を封じて国とし、実務に当る補佐官を相と称した。江蘇省沛県。

三九、石侯祠由来

豫寧県の少女戴氏は長い間病気にかかって苦しんでいたが、ある日道に出て小石を見つけ、こう言った、

「お前にもし神が宿っていて、私の病気を治すことができたら、お前に仕えてあげるんだけど。」

すると夜の夢に一人の人が現れて、彼女にこう告げた、

「私がお前を助けてあげよう。」

その後彼女の病気は少しずつ良くなって、ついに治ってしまった。そこで彼女はあの小石のために祠を建て、石侯祠と名付けた。

注　豫寧県――豫章郡に属していた。今の江西省武寧県。

（三）冥界との交流

二三、死んだ息子からの転職の依頼

蔣済が領軍だった時、彼の妻が夢で、死んだ息子が泣きながらこう言うのを見た、

「死生は本当に路を異にするものなのですよ。私は生きている時は、卿相を出した家の子孫でしたが、今は地下で泰山の伍伯となっており、憔悴しきって苦しめられ辱められ、それは言葉に表すこともできないものです。今太廟の西方の謳士《おうし》になっている孫阿は、今度召されて泰山の令になるはずです。どうかお母さん、お父さんに頼んで孫阿に、私をもっと楽な所に替えてもらえるよう頼んでもらえませんか。」

息子がそう言い終わると、母親は驚いて急に目が覚めた。

翌日それを済に告げたが、済は言った、

「夢とはそういうものだ。怪しむ必要はない。」

翌日の晩、また息子が夢で言った、

「私は新しい主君を迎えに廟の下に泊まっているので、少しの間戻ってくることができました。新しいご主君は明日の日中出発するはずですから、出発間際は忙しくもう戻ってこられません。これで長のお別れになります。お父さんは気が強く、分かってもらい難いので、お母さんにお願いしたのですが、どうかまたお父さんに申し上げてみて下さい。何で一度試してみることを惜しまれるのですかと。」

そう言って、息子は孫阿の姿形を説明したが、それは非常に詳しいものだった。

夜が明けて、母親は夫にこの事をもう一度話した、

「昨夜またこのような夢を見ました。夢は怪しむに足りないと言いますが、これは何とあまりにも生々し過ぎるものではありませんか。またどうして一度試してみることを惜しむ必要がありましょう。」

済はそこで人を太廟に行かせ、孫阿を尋ねさせると、夢の息子に言われた通り探し当てられ、姿形も説明の通りで、全て息子の言葉通りだった。済は泣きながら言った、

「すんでのことで自分の息子に背く所だった。」

そこで孫阿に会い、詳しくそのことを話した。孫阿は、死ぬことは恐れず、泰山の令になることを喜んでいた。ただ済の言葉が本当でないことを心配して、こう言った、

「もし仰せの通りなら、それこそ阿の願いです。しかし、ご子息は何の職に就くことがお望みなのでしょう。」

済は答えた、

「何か地下の仕事で楽なものがあったら、与えてやって下さい。」

阿が応えた、

「それではお言葉通りに致しましょう。」

そこで阿に手厚く恩賞を施し、挨拶が済むと退出したが、済は早くその結果が知りたいので、領軍の門から廟まで、十歩ごとに一人の部下を置いて、阿の消息を伝えさせた。すると、辰の刻に阿の心臓が痛み出したと伝えられ、巳の刻にはそれが激しくなり、日中に阿の死亡が伝えられた。済は泣きながら言った、

「我が子の不幸は悲しいが、また死者にも知性のあることが分かって嬉しい。」

その後一月余り経って、息子がまた現れ、母に告げた、

「もう録事になることができました。」

注　蔣済――魏の太尉になった人物。

領軍――曹操が置いた官職名。禁軍を管轄した。

伍伯――五人一組を伍と言い、その一組の長を伍伯と言った。

西方の謳士――太廟の祭りの際、東西それぞれに歌手を立てて歌の先導をするが、その西方の歌手であったということ。

録事――録事参軍の略。諸官職の執務状況を監督する職掌。

三二、蘇生を予言した男の話

陳留の史均、字は威明は、ある時病気にかかり、臨終の床で母親に言った、

「私は生き返ることができます。私が死んで埋葬したら、杖を私の墓に立てて下さい。そして、もし杖が抜け落ちたら、私を掘り出して下さい。」

均が死んで埋葬すると、言われた通りに杖を立てておいた。七日経って行ってみると、均の予言通り杖が抜けていたので、直ちに均の身体を掘り出すと、間もなく元通り回復したのだった。

注　墓――原文は「瘞」。屍を埋めた土饅頭のこと。貧民の土葬。棺を使わず、屍を直接土に埋める。

四一、泰山神の手紙を天帝に届け死んだ妻を生き返らせてもらった男の話

臨淄《りんし》県の蔡支は県の役人だった。たまたま太守へ手紙を届けに行った時、うっかり道に迷って泰山の麓に来てしまった。城郭のようなものが目に付いたので、入っていって手紙を差し出した。一人の役人に会った。近侍の者に囲まれた様子は大変厳粛で、まるで太守のように見えた。盛んに酒食を設えもてなしてくれて、最後に一通の手紙を支に渡して、こう言った、

「君は私のためにこの手紙を外孫の所へ届けてくれないか。」

そこで支は尋ねた、

「殿様の外孫というのはどなたですか。」

彼は答えた、

「私は泰山の神だ。外孫というのは天帝だよ。」

支は聞いて驚き、自分が人間界でない所に来ていることが分かった。支は門を出ると、そのまま馬車に乗せられ、馬車の行くに任せてしばらく行くと、天帝のいる太微宮殿に着いた。左右に侍臣を従えた様子は、まるで天子のようだった。支が手紙を差し出すと、帝は彼を席に着かせ、酒食を与えてもてなし、労をねぎらってこう尋ねた、

「君の家族は何人か。」

支は答えた、

「両親も妻も死んでしまい、一人でおりますが、まだ再婚していません。」

すると、帝が聞いた、

「君の妻は死んで何年になる。」

支が答えた、

「三年です。」

すると帝が、

「君は会いたくないか。」

と聞くので、支が、

「そうできたら、これ以上のご恩はございません。」

と応えると、帝はすぐに戸籍係の長官に命じて司命の神に勅命を下し、蔡支の妻の籍を「生録」中に移させ、そのまま支に付いて戻らせることにした。

支は家に戻って、妻の墓を開いてその亡骸を見ると、果たして生きる兆候が認められ、しばらくすると起き上がって座れるようになり、話すこともできるようになった。

注　司命――人間の寿命を司る神。

四二、死んだ食客の恩返しにいつでも欲しいものを出してもらえるようになった話

遼東の人丁伯昭は、問わず語りにこんな話をしてくれた。彼の家にはかつて食客がいて、字を次節と言ったが、死んで後、生前の良い待遇に感謝して、本家のために珍しいものをもたらしてくれるようになった。ためし

に真冬時、瓜が欲しいと言うと、数個の立派な瓜が前に置かれたが、姿は見えなかった、ということだ。

（四）鬼（幽霊）との交わり

九、死んだ父親が五歳の息子を霊媒にして家族に遺言する話

任城の人公孫達は、甘露年間、陳郡の太守になったが、任官したまま死んだ。葬式には、息子と郡の役人数十人が集まったが、達には五歳になる子供があり、その子に父の霊が乗り移って遺言を語り始めた。声は父親そっくりで、人々を怒鳴りつけた、

「泣くのは止めろ。私は遺言する事がある。」

そう言って子供達を呼び、一人一人戒めた。子供達は悲しみに堪えられなかったが、達の霊はそれを慰めて言った、

「四季の廻りさえ終わりがあるのに、人の短命は無窮である。」

このようにして数千語を語ったが、皆きちんとした文章になっていた。息子が父に質問した、

「人は死ぬと皆知性がなくなってしまいますが、お父さんだけは聡明で特別に精神を保っていられるのですか。」

すると、達の霊が答えた、

「存亡のことは言葉に表し難い。鬼神のことは人に分かる事ではない。」

そう言って、霊媒の子は紙を取り寄せて文章にし、紙一杯に書き記すと、それを地面に投げ出して言った、

「書に封して魏君宰に送ってくれ。日暮れに手紙が届くはずだから、そのまま使いの者に持たせてやれば良い。」

すると、日暮れ時、予言通り君宰から手紙が来た。

一一、冤罪を暴いて恥を雪ぐ幽霊の話

（この話は「太平御覧」巻八三六から取られているが、「太平広記」巻三一六にも同じ話が「水経注」から取られており、内容に少々違いがあるので、注の後に参考資料として記すことにする。）

西河の鮮于冀《せんうき》は、建武年間、清河の太守となり、四百万銭を支出して役所の建物を建てると言い、完成を見ずに死んだ。趙高がこれに代わり、工事費を計算すると、全部でおよそ二百万銭であった。五官の黄秉《こうへい》と功曹の劉商が、不足分は冀が横領したものだと言い、冀を弾劾する表を差し出して、冀の田宅奴婢を没収し、妻子を日南に送った。

すると、ある日不意に冀の幽霊が現れて役所に入り、劉商・黄秉らと共に計算して、二百万銭の余剰を算定した。これは皆商らが隠匿したものだった。冀は改めて弾劾表を差し出し、商らの上位に返り咲き、詔勅が下って冀の田宅が冀に戻された。

注　建武年間——二五年から五六年まで。

四百万銭——一九五一年新華書店発行の「古小説鈎沈」本では、ここを「六百万銭」に作っているが、数字の誤りが鮮明であるため、今は修正に従うことにする。

五官——漢代の官職名。宿衛の事を管理したと言われる。

功曹——郡の記録を司る下役。功曹参軍。

日南——漢の郡名。今日のベトナム地方。

［参考］「太平広記」巻三一六の「鮮于冀」の話

後漢の建武二年に、西河郡出身の鮮于冀は清河郡の太守になり、役所の建物を新築したが、完成を見ずに亡くなった。後任として赴任した趙高は、経費を二百万銭と算定したが、五官の黄秉と功曹の劉適は、四百万銭だと言った。すると、鮮于冀の幽霊が現れて、昼間堂々と供を従えて役所に入り、趙高及び黄秉らと、差し向かいで一緒に計算し、劉適と黄秉が余剰を隠匿した事を明らかにした。鮮于冀は自ら奏上文を著し、朝廷に言上する事にした。その内容はほぼこうである。

高貴な身分にあっても小さな節義を重んじるのが必要な心得と言うのに、私めは卑しい身分の出でありながら、後に残した者どもを気ままにはびこらせてしまい、政治の枢要を失してしまいました。彼らは卑しい性に成り下がり、世の中に媚びて浮かび上がろうとするばかりです。彼らの盗人の如き卑劣な行為は、お上より賜った官職を汚すものであり、名が重過ぎてそしられやすいというのは、本当に趙高のような者をいうのでしょう。私は死んだ身ですから、あえて直接言上することはできません。謹んで千里離れた宿駅から申し上げる次第です。

この文書は趙高の手で朝廷へ提出された。そして、鮮于冀の一行は、西北に三十里行った所で、車も馬も皆消滅し、見えなくなった。黄秉らは、皆大地に横たわって死んでいた。趙高が実情を言上すると、詔が下って、鮮于冀に西河の田宅及び妻子を返すと共に、太守補佐とし、冥界からの訴訟を鎮めたのであった。

一三、幽霊の訴訟

漢の九江郡の人何敞《かしょう》は、交州の刺史となり、管轄区域を視察しながら蒼梧郡高安県まで来た所で日が暮れ、鵠奔《こくほん》亭に泊まることになった。夜中前、一人の女が楼の下から出てきて敞に呼びかけた、

「私は姓は蘇、名は娥、字は始珠と言い、元は広信県修里の住民でした。両親には早く死に別れ、兄弟もありませんでした。同じ県の施の家に嫁ぎましたが、運悪く夫に先立たれてしまい、後に残ったものは、雑多な絹織物合せて百二十疋と致富という名の女中が一人いるだけでした。私は身寄りがなく、体も弱いので、一人で生計の道を立てることもできず、他県へ行って手元にある織物を売ろうと思い、同県に住まう王伯という者から牛車を一台借りました。その借り賃だけでも一万二千銭かかったのです。私が反物と一緒に車に乗り、致富に手綱を取らせ、昨年の四月十日この亭の前へ差しかかりました。その時は日はもう暮れかかって、道に通行人の影もなく、進むこともなりませんので、ここに泊まることに致しましたが、致富が急に腹痛を起こしましたので、水と火をもらいに亭長の家に行きました。すると亭長の龔寿《きょうじゅ》は戈《か》と戟《げき》を持って車のそばまで来て、私にこう問いました、

『奥様はどこから来られた。車の荷は何ですか。ご主人はどちらにいらっしゃる。どうして一人旅をしているのですか。』

そこで私は言いました、

『何でわざわざそんな事をお尋ねなさるのですか。』

すると、寿は、私の腕を摑んで言いました、

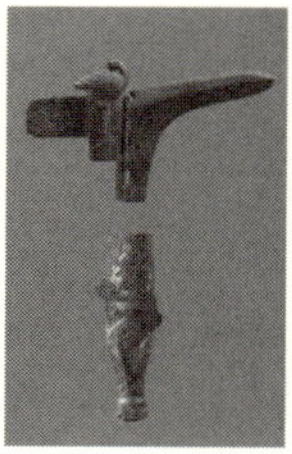
戈

戟

『若い者は色情が盛んなのです。どうか楽しませて下さい。』私は怖くて嫌がりました。すると寿はすぐに刀で私の脇腹を刺しました。私はその一太刀で死んでしまったのです。それから寿は同じように致富を刺し、彼女も死にました。すると寿は楼閣の下を掘って私たちを埋めました。私は下になり致富は上になって埋められました。寿は積荷を持ち去り、牛は殺し、車は焼き、車にあった瓶や牛の骨は亭の東の空井戸の中に棄ててあります。私はこうして横死を遂げ、天神を感ぜしめることになりましたが、事を訴える所もないので、殿様がご視察に見えると知り、こうしてお頼りした次第です。」

何敞は蘇娥の訴えを聞き終わると言った、

「今貴女の屍を掘り出そうと思うが、何か証拠があるか。」

蘇娥が言った、

「私は上下とも白い着物を着て、青い絹の靴を履いていて、まだ腐ってはいません。どうか郷里をお尋ねあって、私の遺骸を死んだ夫に返してやって下さい。」

掘り起こしてみると、果たして幽霊の言った通りだったので、何敞は急ぎ戻り、部下を派遣して龔寿を逮捕させた。彼は拷問に掛けられると、全てを白状した。事件の顚末を広信県に通知して調べさせると、全て蘇娥の言葉に一致したので、龔寿の一族は皆捕らえられ、獄に繫がれた。何敞は表を奉って、こう述べた、

「寿の事件は特別で、通常ならば殺人事件は族滅に至るものではありませんが、しかし、寿は悪の首謀者で、数年間罪を隠蔽していた事を考えれば、王法に計って重罪を課せられる事は免れますまい。しかも、鬼神に訴えさせるような事は千年に一度もない事でございます。どうか彼の一族を全て処断せられて、結果を鬼神

に明らかにし、陰誅にご助力下されますよう。」

朝廷からは、それを差し許す旨の勅書が下された。

注　何敞――字は文高。殷の紂王を諫めて殺された比干の六代目の孫。後漢和帝の頃の人。

交州――広西省蒼梧県治。ベトナムとの境。

亭――宿駅。人を泊める楼閣が作られていた。

陰誅――目に見えず課せられる誅罰。幽霊の訴えによる誅罰なのでこう言う。

二八、幽霊を売って金を儲けた男の話

南陽の宋定伯は、青年時代、夜道を歩いていて幽霊と道連れになった。彼は声をかけた、

「君は誰だ。」

幽霊が言った、

「幽霊だ。」

幽霊の方でも聞いた、

「君は誰だ。」

定伯は嘘をついて言った、

「僕も幽霊だ。」

すると幽霊が尋ねた、

「どこへ行くんだ。」

答えて言った、

「宛市に行く所だ。」

幽霊が言った、

「僕も宛市に行く所だ。」

そうして一緒に数里ばかり歩いて行くと、幽霊が言った、

「歩いて行くのはとても面倒だ。どうだ、代わる代わる背負いっこして行かないか。」

定伯は言った、

「大いに結構だ。」

幽霊はまず定伯を背負って数里歩いた。幽霊が言った、

「君は少し重すぎる。もしや幽霊ではないのではないか。」

定伯が言った、

「僕は死んだばかりだから重いだけだ。」

定伯は、そこで幽霊を背負った。幽霊はほとんど重さがなかった。こうして再三交替しながら歩いて行った。

定伯が言った、

「僕は死んだばかりで知らないんだが、幽霊にとっては、何が怖いものなんだ。」

幽霊が言った、

「人間の唾だけは嫌だ。」

そうやって連れ立って行くと、途中で河に行き当たった。そこで定伯は、幽霊を先に渡らせた。耳を澄ましてもまるで水音がしなかった。次に定伯が渡ると、当然ジャブジャブジャブと音がした。すると幽霊が言った、

「どうして音がするんだ。」

定伯が言った、

「死んだばかりで河を渡ることに慣れていないだけだ。構わないでくれ。」

やがて道を進んでもうじき宛市に着く所まで来ると、定伯はいきなり幽霊を肩に担ぎ上げ、しっかりと押さえつけた。幽霊は大声にギャアギャア下ろしてくれと叫んだ。定伯は一向に聴こうとせず、真っすぐ宛市に入って行って地面に下ろした。すると幽霊は一匹の羊に化けたので、定伯は直ちにそれを売ってしまった。無論、彼がまた化けられないように唾をつけておいたのだ。定伯は、そうして千五百銭を手に入れて帰ってきた。当時の人々はそれを噂して囃し立てた。

「定伯は、幽霊を売って、銭千五百を手に入れた。」

　注　宛市——今の河南省南陽県。

三一、冥界から会いたい者の霊を呼び出してくれる道人の話
北海郡営陵県に一人の道人がいて、人を死者の霊に会わせることができた。同郷の人で、妻が死んでもう数年経った人がいて、噂を聞いて道人の所に行き、こう言った、

「どうか私を一目死んだ妻に会わせて下さい。また彼女に会えさえすれば、何を求められても恨みはしませんから。」

そこで、彼を妻に会わせてやることになり、祈禱をして呼び出された妻の霊に会うと、姿を現した妻は、話す言葉も感情も生きている時そっくりで、互いに互いを懐かしみ、時を忘れて逢瀬を楽しんだが、時を告げる太鼓の音を恨めしく聞きながら戸口を出ることができず、扉が閉じられて挟まれた着物の裾を引きちぎって帰っていった。

一年余り経って、今度はこの人自身が死に、家の者が埋葬しようと、墓を開いて妻の棺を見ると、蓋の下に着物の裾が挟まっていた。

注　北海郡営陵県――営陵県は、前漢の北海郡の郡治の所在地であった。今日の山東省昌楽県の東南。後漢では、北海郡の郡治が劇県に移った。今日の山東省寿光県の東南。この話の時代は前漢と考えられる。

道人――この「道人」という言葉は、六朝志怪の中では、時代を追って意味が幾様にも変わったようである。古くは「巫」と呼ばれた祈禱師の意味で用いられ、道教が興ってからは道士の意味にも使われたようで、更に泰山信仰が仏教の影響を受ける時代になると、仏教徒の意味でも用いられるようになったらしい。劉義慶の「幽明録」に、「叙礼」という祈禱師の話があり、そこには祈禱師が「道人」の意味を誤解したばかりに、地獄に送り込まれて酷い目に遭ったという話が記されている。

四〇、幽霊と結婚して子を生ませ親子共々出世した男の話

談生は、四一になってもまだ妻がいなかった。そのため、いつも感激して「詩経」を読んでいた。ある日の夜半、年の頃は十五六歳で、容貌も服装も世にまたといないほどの美人が談生の所へ来て、いきなり妻にしてもらいたいと言った。話すうち、娘は言った、

「私は人と違う所があります。火で私を照らさないで下さい。けれど、三年たったら照らしてもかまいません。」

そこで、談世はこの娘と夫婦になり、一人の子供が生まれた。その子供が二歳になった時、ついに我慢できなくなって、夜妻が寝たのを見計らって、こっそり彼女を照らしてみた。すると、なんと腰から上は肉が付いて普通の人間と変わらなかったが、腰から下は枯れた骨だった。妻は気がついて言った、

「あなたは私を裏切りましたね。私はだんだん生きるところでしたのに、何で一年のしんぼうができないで照らしたのですか。」

談生はあやまったが、妻は泣き続けて止められなかった。やがて妻が言った、

「あなたとの夫婦の縁はこれで永遠に切れることになりますが、わが子のことを思うと、もしや貧乏で自活できないのではないかと心配です。ちょっと私についてきてください。あなたに贈る物があります。」

そこで、談生がついていくと、彼女は立派な堂の中に入っていった。部屋も置いてある器物も、立派な物ばかりだった。彼女は一着の真珠を繋いで作った上着を取り出して、それを談生に与えて言った、

「これを生活費の足しにしなさい。」

そして、談生の着物の裾を裂いて、それを持ち姿を消した。

その後、談生は彼女にもらった上着を持って睢陽王《すいようおう》の所へ行き、それを買ってもらって、銭一千万を受け取った。しかし、王は受け取った上着を見ると、その上着に見覚えがあるので、言った、

「これは私の娘の上着だ。これはきっと墓をあばいたに違いない。」

そう言って王は談生を捕まえて責めた。そこで談生は正直にこれまでの事を王に話した。それでも王は信じなかったので、娘の墓を見ることにした。娘の墓に行ってみると、墓は元のままだった。開いて中を確かめると、棺の蓋の下から談生の着物の裾が出てきた。そこで、王は娘が生んだという子供を呼んでみると、果たして娘そっくりだった。王は改めて談生の話を信じ、また娘の残した上着を彼に与えて、談生を婿と認めて家に入れ、その子がやがて成人すると、朝廷に上奏文を上呈して、その子を侍中に取り立ててもらったのだった。

注　感激して「詩経」を読む――「詩経」の特に「国風」の巻には、夫婦愛や男女の恋愛を歌った詩が多い。
睢陽王――睢陽は県名。旧治は今日の河南省商丘県の南。
侍中――宮中で乗り物や衣服を管理する役人。

(五)　妖怪の話

八、魯少千の妖怪退治

魯少千は仙人の護符を取得した人であった。楚王の王女が、妖怪に取り付かれて病気になり、少千を呼んだことがあった。少千が王宮まで後数十里という所に泊まっていると、夜間数十騎の護衛に守られた丸屋根の

馬車に乗った者が来て、伯敬と名乗り、少千に面会を求めた。そして酒樽数樽と料理数膳を並べて少千に振る舞い、別れ際にこう言った、

「今楚王の娘が病んでいるのは、私のやっている事です。貴方がもしここから引き返して下さったら、貴方に二十万銭のお礼を差し上げましょう。」

少千は銭を受け取ると、すぐに言われた通り引き返し、他の道から楚の王宮に至って、病気を治療してやった。王女の寝所の入口の戸を開けた者がいて、こう言うのが聞こえた、

「少千はお前の爺を騙したぞ。」

そして風の音が聞こえ西北の方へ去って行った。その者のいた所を見ると、大きな鉢に一杯もあろうかと思われる程大量の血が溜まっていた。王女はそのまま気を失い、夜半に蘇った。王が人を遣って風の行方を尋ねさせると、城の西北で一匹の死んだ蛇を見つけた。長さが数丈あって、無数の小蛇がそのかたわらに死んでいた。その後王が郡県に命じて調べさせると、丁度その日に大司農が二百万銭を失い、ある大官の屋敷で食膳数膳がなくなったという事が分かった。少千が二百万銭を車に積んで差し出し、一部始終を書状に認《したた》めて事の次第を奏上すると。天子はそれを異な事と讃えたのであった。

注　この話では、大司農という官名が見える以外、時代が特定されていないので、魯少千の生存年代を明らかにするために、特別に二十巻本「捜神記」巻一の記す魯少千の話を引く。

魯少千は山陽郡の人であった。漢の文帝がかつてお忍びで、金貨を懐中に入れて彼の家を訪ね、彼の会得している仙道を尋ねようと思っていた。ところが、少千はすでにそれを察知していて、黄金の杖

をつき、象牙の扇子を手に持って、門に出て帝を出迎えたのであった。

一二、蛇の妖怪を退治した寿光侯の話

寿光侯は漢の章帝の時の人である。たくさんの鬼や妖怪を圧伏した。ある婦人が妖怪に取り付かれて病気になっていた時、侯は大蛇の妖怪を退治して助けた事があった。また、ある所に大木があって、そこに人が立ち寄ると皆死ぬと言われていた。侯がその木に方を掛けると、木は枯れ、大蛇がいて長さ七八丈もあり、木にかかって死んでいた。

注　たくさんの鬼や妖怪を圧伏した――原文は「劾百鬼衆魅」、「劾」は譴劾の意味で、呪文を唱え、圧伏の方を用いて鬼や妖怪を退治すること。

方を掛ける――前注に同じ。呪文を唱え、圧伏したということ。

二七、妖怪を退治して巨万の富を得た男の話

魏郡の張奮という者は、元々大変な財産家だったのだが、どうしたわけか急に没落して、邸宅を黎陽の程家に売り渡した。程が移り住むと、死人や病人が相次いだので、鄴《ぎょう》の何文という者に売り渡した。ある日、文は、日暮れ時、刀を持って北の広間の梁の上に坐っていた。夜が更けようとする頃、不意に一人の人物が現れた。身の丈は一丈余り、高い冠をかぶって、黄色い着物を着ていた。広間に昇ってくると呼びかけた、「細腰。家の中にどうして生きた人間の気配があるのだ。」

すると、答えるものがあった、

「そんなものはない。」

しばらくするとまた一人、高い冠をかぶって、青い着物を着た人物が出てきた。それに続いて、今度は高い冠に白い着物の人物が出てきて、同じような問答をした。

夜が明けかかった頃、文は広間に下りて、先の三人がやっていたようにして、建物に呼びかけて聞いた、

「黄色い着物を着ていたのは誰だ。」

すると答えた、

「金だ。広間の西の壁の下にある。」

そこでまた聞いた、

「青い着物の者は誰だ。」

すると答えた、

「銭だ。広間の前の井戸の縁から五歩の所に埋まっている。」

また聞いた、

「白い着物の者は誰だ。」

また答えた、

「銀だ。垣根の東北の隅の柱の下に埋まっている。」

聞いた、

「お前は誰だ。」

答えた、

「私は杵だ。竈《かまど》のそばにある。」

夜が明けると、文は聞いた所を次々に掘り起こして、金銀それぞれ五百斤と、銭千余万銭を手に入れ、杵を取り出して焼いてしまった。この家はこうして平安に戻ったのである。

注　細腰——上下に太い搗《つ》く部分があり、中間に握る柄の部分がある形の杵を言ったもの。

二九、少女が悪戯に荻で鼠を作り呪いをかけると、それが動き出し祟りをなした話
北地郡の傅尚書の娘が、ある時荻で鼠を作って遊んでいたが、鼠は悪賢い動物だからと思って、地面に投げると、鼠は不意に動き出して、門の敷居の土の中に潜ってしまった。そこでまた荻を裂いて、もう一匹の鼠を作り、お呪《まじな》いにこう言った、

「お前がもし我が家に怪をなすものならまた歩け、そうでないなら動くな。」

そうして地面に置いたところが、すぐにまた前の鼠と同じように走って行ったので、敷居の内側の土を掘ったが、数尺の深さに掘っても、影も形も見えなかった。その後、傅尚書の娘たちは相次いで亡くなってしまった。

注　北地郡——後漢当時の北地郡として考える。郡治は富平県、今日の甘粛省霊武県の西南。

傅尚書——実名は不明。尚書は、この場合官名ではなく、地方で役人経験のある者に対して用いられた俗称であろうと思われる。

四三、督郵（査察官）が人を殺していた古狸を退治する話

汝南郡北部の督郵になっていた西平郡出身の劉伯夷は、非常に才覚のある人であった。ある時、管轄区域を査察しながら懼武《くぶ》亭まで行き、宿泊しようとしたが、それを止めようと忠告する者がいた、

「この亭には泊まれません。」

伯夷は構わず、一人でその楼閣に泊まった。灯を消して四書五経を諳んじ終わって横になった。しばらくしてから、東枕に向きを変え、頭巾の紐を解いて両足を縛り、そこに頭巾を被せ、それから剣を抜き、帯を解いておいた。夜中異様なものがこっそり近付いてきて、不意に伯夷に覆いかぶさった。伯夷は上半身を起こして、着物の袂《たもと》でそれを押さえつけ、解いておいた帯でその妖怪を縛り上げた。灯を持って来させて照らして見ると、それは一匹の年老いた狸で、体中真っ赤で毛が無かった。火で焼き殺して、翌日楼閣の中を調べると、妖怪が殺した人の頭髪が数百人分出てきた。こうしてこの亭は平穏に戻ったが、古い言い伝えに、狸は千人の人の髪の毛を集めると、神になれると言う。

注　督郵――郡の太守を補佐し、属県の巡察を任とする査察官。

四五、鯉が妻になりすまし通ってくる話

彭城のある男が、妻を娶ったがうまく行かず、毎晩外泊していた。一ヶ月余り経って、妻が言った、

「なぜ入っていらっしゃいませんの。」

すると、男が言った、

「お前は夜毎出てくるから、俺は入っていかないんだ。」

すると、妻が言った、

「私は初めから一度も出たことはありません。」

夫が驚いているのを見て、妻が言った、

「貴方御自身浮気心がおありになるから、他のものに惑わされるのです。今度来たものがあったら、すぐ押さえ付けなさい。灯で照らして何ものか見ましょう。」

その後また例のものがやって来た。やはり妻の格好をしていたが、入口でためらって入るのを躊躇していた。すると、誰かが後ろから押して進ませた。ベッドに上がってくると、男はそれを捕まえて言った、

「毎晩出てくるのはどういうつもりなんだ。」

すると、妻が言った、

「貴方は東の家の娘と付き合うようになって、性交の素晴らしさに気が付いて、実際は妖怪のことを口実にして、私との婚姻を破棄しようとしているんです。」

そう言われて、男は彼女を放して一緒に寝た。夜中に気が付いて、こう考えた、

「妖怪は人を迷わすというから、もしかすると、これは俺の嫁ではないのではないか。」

そこでもう一度彼女を捕まえ、大声で灯を求めると、それは段々縮んで、布団をめくってみると、それは一匹の鯉で、長さは二尺もあった。

注　彭城——郡名。郡治は今の江蘇省銅山県。

四六、夜中枕がほとぎと言葉を交わす話

（この話は二十巻本「捜神記」巻一八にも見え、叙述は「捜神記」の方が詳しいが、内容が少し変わっているので、「列異伝」を採ることにする。）

景初年間のこと、咸陽県の下役人だった王臣が夜寝そびれて、目を開けたまま枕をして横になっていた。しばらくすると竈の辺りから呼びかけるものがいた、

「文納なぜ人の頭の下にいるんだ。」

枕が答えた、

「俺は枕にされていて動けないからお前来てくれ。」

やって来たのを見ると、酒を入れるほとぎだった。

注　酒を入れるほとぎ――原文は「飲缶」。口が小さく、胴が大きい陶磁器。古くはこれを叩いて歌の拍子を取ったという話がある。なお、「捜神記」では、台所からやって来るのは、「飯臿」（しゃもじ）になっている。

ほとぎ

四七、鼠の妖怪が死ぬ時刻を予告するが無視すると鼠が自滅してしまった話

（「古小説鉤沈」は、「北堂書鈔」「芸文類聚」「太平御覧」を校合して取っているが「太平広記」巻四四〇は「幽明録」の話を取っている。記述の様子は「鉤沈」の文章が幾分詳しく、年号の記し方に相違がある。）

正始の頃、中山の王周南は襄邑県の長になっていた。ある日、一匹の鼠がきちんと身なりを整え冠をかぶっ

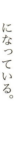

た姿で穴から出てきて、表広間で周南に告げた、

「周南、お前は某月某日死ぬはずだ。」

周南が構わずにいると、鼠は穴に帰っていった。その後その期日になると、また頭巾の上に冠をかぶり赤い着物を着て出てきて、こう告げた、

「周南、お前は正午になったら死ぬぞ。」

周南は、また応えなかった。鼠はゆっくりと穴に入っていったが、しばらくすると、出てきて告げた、

「もうじき正午だぞ。」

そう言って、鼠はまた入り、入ったと思うとすぐに出、慌てた様子で出入りを繰り返しながら同じ事を言っていた。そして正午になると、鼠が言った、

「周南、お前が応えなければ私はどうしたらいいのだ。」

一言そう言うと、鼠はもんどり打って死んでしまった。着物も冠もなくなっていた。周南が従卒にその死骸を取ってこさせて見ると、全く普通の鼠だった。

注　正始――二四〇年から二四九年まで。
　　襄邑県――今の河南省睢県の西。

（六）自然にできた珍しいものの話

二四、火浣布の着物をもらった男の話

呉の選曹令史であった長沙郡出身の劉卓は、酷い病気に悩まされていたが、夢に一人の人物が現れて、白い一重の上着を彼に与え、こう告げた、

「お前はこの上着を着ろ。そして汚れたら火で焼けば奇麗になる。」

目覚めてみると、夢の通りに一重の上着がかたわらに置かれていた。彼は言われた通り、それを着て汚れるといつも火で洗った。

注　選曹令史――選官の下に属し、文書事務を扱う属官。

火で洗った――原文は「火浣之」。火で洗う布の話は類話があり、この布を「火浣布《かかんぷ》」と呼ぶ。二十巻本「捜神記」巻一三に「火浣布」に対する魏文帝の「典論」の見解を批判し揶揄する話があるので引くことにする。

崑崙《こんろん》の峰は大地の首である。それは天帝の地上における都に他ならない。そのため、その外側は弱水の深い流れで遮られ、また更に火の燃え盛る山を廻らしている。山上には動物も植物もあるのだが、皆火焔の中に生育している。こういうわけで、ここには「火浣布」がある。この山の草木の皮か、鳥獣の毛で織られるのである。漢の世には、元々西域がこの布を献上してきていたのだが、中間で久しく途絶えていた。そのため、魏の始めに至っては、人々がその存在を疑うようになっていた。文帝は、火の性質は元々酷烈なものだから、生命を育む気などはないとして、そ

れを「典論」中に著し、それが元々間違いで、どんな博識の者も知り得る所ではないと明言した。やがて明帝が即位すると、三公に勅命を下してこう言った、

「先帝はその昔『典論』を著されたが、全て不朽の格言である。廟門の外、及び太学に石碑に刻み、『石経』と共に、長く後世に示せ。」

ところが、この時になって、西域が使者を送ってよこし、「火浣布」の袈裟を献上してきたのだった。そこでやむを得ず朝廷では、この論を削り取らせることになり、天下の笑い種になった。

四四、山で紫玉や赤玉を手に入れた人々の話

江厳は、富春県の清泉山で、遠く離れた所に一人の紫の着物を着た美女が歌を歌っているのを見た。厳が近付いて行くと、後数十歩という所で、女は見えなくなってしまい、彼女のもたれていた石だけを見た。こんなことが四度もあってから、その場所で一個の紫玉を手に入れた。それは直径が一尺もあるものだった。また、邴浪《へいろう》は九田山で鳥を見た。形は鶏のようだったが、全身真っ赤で笙を吹くような声で鳴いていた。矢が当たったが、それは穴に入って見えなくなった。浪は鳥の隠れた石を鑿《うが》って一個の赤玉を手に入れた。それは鳥の形をしていた。

注　富春県――今日の浙江省富陽県。

四八、望夫石。遠く従軍した夫を山上から見送った婦人がそのまま石に化した話

武昌新県の北山の上に望夫石があり、丁度人が立っているような形をしている。言い伝えによれば、貞淑な婦人が、兵役に取られて遠く国難に赴いた夫を、子供を連れてこの山上から見送り、その立って見送った姿がそのまま石になったと言う。

注　武昌新県――漢代の武昌郡は、今日の湖北省鄂城県に郡治を置いていた。新県は不明。

(七)方士伝説

八、(前出)魯少千の妖怪退治。

一二、(前出)寿光侯の妖怪退治。

一五、費長房の方術(その一)

汝南郡に妖怪が出た。いつも太守の服装で、役所の門に来て太鼓を叩いた。郡では非常に困っていた。費長房が来て、それが妖怪であることを知り、叱りつけると、すぐに衣冠を脱いで謝り、元の姿に戻らせてくれと言い、年老いた泥亀の姿になった。その甲羅は車の車輪程もあった。長房は、もう一度太守の服を身に付けさせると、一枚の札を作り、葛陂君《かっぱくん》に命じて罰することにした。泥亀の妖怪は長房に拝礼し、泣きながら札を持って去っていった。様子を調べると、札を葛陂君のいる淵の辺に立てて、頸《くび》をそれに巻きつけて死んでいた。

注　費長房――後漢、汝南郡の人。仙人について道を会得しようとしてできず、仙人から鬼神を圧伏する符をもらって鬼神を駆使していたが、後に符を遺失して鬼神に殺されたと言う。
汝南郡――郡治は平輿県（今日の河南省汝南県の東南）であった。
葛陂君――湖沼に住む鬼神。次の話では、日照りをもたらす力もあるらしいから、雨の神としての信仰もあった可能性がある。

一六、費長房の方術（その二）

費長房は、神を使うことができた。ある時、東海君が葛陂君に会った時、東海君は葛陂君の夫人と通じてしまった。長房はそれを知って、東海君を三年間謹慎させることにしたが、東海地方は大変な日照りに見舞われた。長房は東海に行って、雨乞いの様子を見た。それから葛陂君に命じて雨の指示を出させると、すぐに大雨が降った。

注　東海君――東海を鎮守する鬼神。先に二一番の「度朔君始末」で見た「南海君」の仲間。

一七、費長房の方術（その三）

費長房はまた縮地の術も心得ていた。家に来客のあった時、彼は街で魚の酢漬けを買ったが、一日のうちに、人は彼を千里離れた所で数回見たと言う。

注　縮地の術――遠隔の地の事物を一瞬にして眼前に現してみせる術。二十巻本「捜神記」巻一には、有名な左慈の縮地の術の話がある。

二六、偶然神から鬼を譴劾する方を授かる話

大司馬であった河内郡の湯蕤《とうずい》、字は聖卿は、若い時瘧《おこり》を患ってある社《やしろ》に逃げ込んで寝ていたことがあった。するとと誰かが、

「杜邸、杜邸。」

と呼ぶので、聖卿が取りあえず、

「分かった。」

と答えて起き出し、戸口に行くと、外の人は、

「この書を持っていけ。」

と言うので、湯蕤は、手書きの書一巻を貰い受けた。それがあらゆる鬼を譴劾することのできる方だったのである。

注　鬼を譴劾する——鬼を叱り遠ざける。魔除け。

三四、陳節方が神から恩恵を受ける話（その一）

神仙王方平が陳節方の家に舞い降り、二振りの刀を彼に与えた。一振りは長さ五尺、他の一振りは長さが五尺三寸あって、泰山環と名付けられていた。彼は節方にこう告げた、

「この刀はこれといって、特に取り得のあるものではないが、一人で寝ている時の魔除けにはなるし、従軍するようなことになっても負傷することはない。便所で汚すのはやめてくれ。それにいつまでも持っているの

は良くない。三年後に求める者が来たら手放せ。」

果たして、三年後に戴卓が銭百万でこの刀を欲しがった。

注　王方平――方平は字、名は遠。後漢、嶧山《えきさん》（山東省鄒県の西）の人。若い頃、孝廉に由って推挙され、官途に就いたが、後に官を棄て、山に入って道を体得したと言われる。桓帝の時にしきりに招かれたが応じなかった。この話では、始めから神仙として語られている。

陳節方――「神との交わり」で見た鄧卓（二五番）は神に迎えられる馬車に乗っていたが、「方士伝説」中の陳節方は、神に選ばれた普通の人間として書かれている。二十巻本「捜神記」巻二には、「陳節が諸々の神を訪れる」という話（原文は「陳節訪諸神」）があるが、これは単純な誤写から発生した異説かも知れない。

三五、陳節方が神から恩恵を受ける話（その二）

東海君が織り上げた青い肌着を陳節方に贈ってくれた。

注　陳節方――この話について、二十巻本「捜神記」が誤写により異文を作っていることは「その一」の注に述べた。この話も「その一」の話同様、陳節方が神から贈り物を授かる話である。「列異伝」中の陳節方は、一方的に神に愛された存在で終わっているが、いずれ神の世界に誘われることになったのかも知れない。

三六、蔡経が神と交わる話（その一）

神仙麻姑が東陽の蔡経の家に舞い降りた。手の爪が長さ四寸もあった。それを見て蔡経にこんな事を思った、「この女は本当に良い手をしている。あれで背中を掻いてほしいものだ。」

麻姑は非常に怒った。何と蔡経は地面に額を打ちつけて両目から血を流していた。

注　麻姑――仙女。建昌県（今の江西省永修県）の人。「神仙伝」は牟州の姑余山で修道したと伝えている。

蔡経――東陽県(今日の山東省恩県の西北)の人。麻姑とのことについて「神仙伝」と内容を異にするが、ここでは「列異伝」に従う。

三七、蔡経が神と交わる話（その二）

蔡経は神と交わっていた。神が立ち去ろうとする時、家の者は、蔡経が井戸の辺で水を飲んでいるのを見た。蔡経は馬に乗って行ったが、井戸の辺を見ると、そこに蔡経の皮があって、丁度蛇の抜け殻のようだった。蔡経はそのまま帰らなかった。

注　蛇の抜け殻のよう――いわゆる「蟬脱」である。世俗を抜け出たことを象徴的に表わしている。蔡経は神に誘われたということであろう。

（八）人間の不思議

六、干将《かんしょう》莫邪《ばくや》の子が父の仇を討つ話

干将莫邪は楚王のために剣を作り、三年かかってやっとできあがった。その剣には雌雄があって、天下にまたとない名器であった。彼は雌剣を主君に献上し、雄剣を隠しておいた。そして、妻に言った、

「私は剣を南山の陰、北山の陽に隠した。松が石の上に生えており、剣はその中にある。ご主君はこのことに気が付けば私を殺すだろう。お前は男の子を生んだら、このことを伝えてくれ。」

そう言い置いて干将は剣を献上に王宮に行ったが、案の定、王はこのことに気づき、干将を殺した。妻は後に男の子を生み、赤鼻と名付けた。彼が成長するのを待って、父の遺言を伝えた。赤鼻は南山の松の木を伐ったが剣は見つからなかった。ふと気が付いて、家の柱の中からそれを見つけた。

その頃、楚王は夢に一人の人物を見た。眉間の広さが三寸あって、仇を報いたいと言った。そこで楚王は、夢で見た男の首に懸賞金を懸け、必死に追及した。赤鼻は朱興山中に逃げた。山の中で一人の旅人に出逢った。旅人は、彼に代わって仇を討ってやろうと言った。そこで赤鼻は自分の首を刎ね、旅人はそれを楚王に献上した。旅人はその首を釜で煮させた。三日三晩煮ても、首は湯の中から跳び出して煮崩れなかった。王はそばに寄ってそれを見た。旅人は近寄って雄剣で王に斬りつけ、王の首も釜の中に落ちた。すると、旅人は自分の首も斬り落とし、三つの首はすっかり煮崩れて分別できなくなった。人々は、仕方なく、三つに分けてそれを葬り、三王墓と名付けた。

注　干将莫邪――干将は有名な伝説上の剣工。莫邪は妻の名であった。この話では冒頭の記名が不分明だ

が、以下の文章では、干将の名ばかりを出しているので干将を夫である剣工の名として問題ないが、二十巻本「捜神記」では、明らかに干将莫邪を一人の姓名として記している。どうやら、この話は、息子の赤、または赤鼻の仇討ち話が主流になって以後、名剣工干将の話とは別に、干将を姓、莫邪を名とし、干将莫邪を一人の名剣工の姓名とする形で、語り伝えられたらしい。

赤鼻――この話の主人公である干将莫邪の子の名前は時代と伝承される場所が移るたびに変化したらしい。後世の話には、「赤」と称するものもあれば、「眉間尺」と称するものもある。今日湖北省黄岡県の西北に赤鼻山という名の山があるが、関係の有無は分からない。話中の山名「朱興山」もいわくあり気な名だが、名の起こりは不明である。

七、信陵君が鳥を裁く話

魏の公子無忌がある日部屋で本を読んでいると、一羽の鳩が飛んできて机の下に入った。ところが、一羽の鷂《はしたか》がそれを追ってきて殺した。無忌は、その仕打ちに腹を立てて命令を出し、国中の鷂を捕えさせて、二百羽余り捕まえた。無忌は剣を持って身構え、鷂の入っている鳥かごのそばに寄って言った、「昨日鳩を捕まえた者は頭を垂れて罪に服せ。そうでない者は、自由にしてよい。」すると、一羽の鷂がうつ伏せになり、動かなかった。

注　公子無忌――封号を信陵君と言う。戦国時代魏の昭王の子。食客三千人と伝えられる。

鷂――「はしたか」とも「はいたか」とも言う。鷹の一種。

一四、廻りあいの話。旅で拾った馬の縁で出世した男の話

元の司隷校尉、上党郡出身の鮑宣、字は子都は、若い時、都への経理報告の役に推挙され、都へ行く途中、一人の書生と道連れになった。その書生も一人旅で連れがいなかった。するとにわかにその書生が胸の痛みを訴え、子都は馬車を降りて按摩をしてやった。しかし、その甲斐なく、そのまま書生は死んでしまった。姓名も分からず、所持品は手書きの書が一巻と銀が十餅だった。子都は取りあえず、その中の一餅を売って、葬式を済ませ、余った銀は遺骸に枕させ、手書きの書は腹に載せてやり、彼のために哭してこう言った、

「もし霊魂に知性が残っているなら、貴方の家に貴方のここにいることを知らせなさい。今私は果さなければならぬ使命があり、ここに留まっていることができないのです。」

そう言って子都は書生の遺体に別れを告げ、都に上った。良い馬が一頭、彼に付いて来た。他の者はその馬に近寄れなかったが、ただ子都だけは近寄ることができた。子都は帰り道に、道に迷った。一軒の関内侯の家があったので、日暮れ時でもあり、宿を頼むことにして、主人に挨拶しようと、使用人を呼んで、名刺を渡し案内を頼むと、使用人が出てきてその馬を見、戻って主人に伝えた、

「外に来た旅人が盗んだ馬に乗っています。昔いなくなった駿馬です。」

主人は名刺を見て言った、

「鮑子都は上党郡の名士だから、必ず訳があるに違いない。」

そう言って、出ていき、子都に言った、

「貴方はどうしてこの馬を連れているのですか。昔どうしたわけかこの馬を見失ってしまったのですが。」

そこで、子都は言った、

「先頃経理報告に行く途中、道で一人の書生に逢ったのですが、彼は途中で急死してしまったのです。」

と言い、詳しくその事情を述べた。すると、関内侯は大変驚いて、

「それは我が子です。」

と言い、棺を迎え取って開いてみると、銀も書も言われた通りにあった。関内侯は、一家で朝廷に参上し、鮑子都の行為を奏上したので、子都の名声はたちまち顕れ、子の永、孫の昱《いく》に至るまで、皆司隷となり、やがて彼らが公になると、皆葦毛の馬に乗った。そこで都に流行り歌ができた、

「鮑の家の葦毛、三度司隷に入り、二度公になった。馬は疲れても、歩みは達者。」

注　司隷——司隷校尉の略称。衆徒を率いて道路溝渠の治安を維持し、民情の糾察に当たる。

鮑宣——この話は、鮑宣がまだ司隷校尉になる前の事。地元上党の会計報告の使者に選ばれた時の話。

経理報告——原文は「上計掾」。会計報告の役人。「掾」は下役、属官の意。

銀が十餅——「餅」は銀貨を数える単位。十餅は銀貨十枚。

関内侯——虚封の爵名。都に住まい、領地はない。言わば旗本のような存在。

公——爵位名。五等爵の最上位。官職とは別に爵位が与えられた。

葦毛——馬の毛色の名称。白毛に黒または濃褐色の差し毛のある物を言う。

一八、朽ちない遺体の話

漢の桓帝の馮夫人は病気で亡くなったが、霊帝の時に、賊がその墓を盗掘した。ところが亡くなって七十年以上経っているのに、顔色は元のままで、ただ少し冷えた感じがした。盗人達は欲情に駆られてその遺体を犯し、互いに競い合って喧嘩になり、ついに殺し合いにまで至った。その頃丁度竇《とう》太后の一族が誅せられる事件が起こっていた。そのため、一旦は馮夫人の霊を下邳《かひ》の廟に祭る案が議されたが、陳公達が異議を唱えた、「貴夫人は先帝の寵愛する所ではありましたが、御遺体が汚されてしまっては、至尊の霊と共に祭る事はできません。」

そこで、改めて竇太后の霊が先帝のかたわらに祭られることになったのだった。

注　馮夫人の霊を下邳の廟に祭る――原文は「以馮夫人配食下邳」。竇太后の一族が専横を極めていた折、たまたま密謀が発覚して一族が罪に問われたことがあり、竇太后の崩御に当たってその霊を帝室の廟に入れる事はできないという議論がなされたが、直接霊帝の詔勅が下って竇太后の弁護が行なわれ、しきたり通り竇太后の霊が配食されることになった。この話は、正史に現れない裏の事情を語っているものである。

二二、運定めの話。新生児に運を授ける神の話を聞いて運を予知する話

華歆《かきん》は、まだ出世前、人の家の門前に野宿したことがあった。丁度その夜、その家の主人の妻がお産をし、しばらくすると二人の役人が門前まで来て尻込みし、言った、

「公がここにおられるぞ。」

彼らはしばらく躊躇していたが、片方の役人が言った、

「籍は決めなければならないんだ。どうしてやめることができようか。」

そう言うと、歆の前に来て拝礼し、二人連れ立って入っていった。

しばらくすると出てきて並んで歩きながら、語り交していた。

「何歳やるべきかな。」

「三歳にすべきだ。」

夜が明けて、歆はそこを立ち去ったが、後になってその事を調べたいと思い、三年経ってから、わざわざ出向いて、子供の消息を尋ねた。すると、果たして死んでいた。歆はそこで自分が「公」になることを知ったのである。その後彼は果たして太尉にまで出世した。

注　この話は、「産屋の神様」あるいは「産神問答」と呼ばれ、類話が広く流布している。二十巻本「捜神記」には、後漢の陳蕃《ちんはん》（字は仲挙）を主人公にした話が見える。また、宋の劉義慶の「幽明録」にも陳蕃を主人公にした話が見えるが、神の予言に少しずつ違いがあるので、本章第五節に引く。

華歆——後漢末孝廉により推挙され、豫章郡の太守になっていた。孫策が長江流域に進出した際、上賓の礼をもって彼を待遇した。その後曹操の推挙によって議郎から尚書令となり、文帝の即位後、相国から司徒、そして明帝の時に太尉に出世した。

三〇、人間が白鹿に変わって孫に殺される話

昔番陽郡の安楽県に彭という姓の人が住んでいた。代々猟師を生業にしていて、ある日子供が父親に付いて山に入った。山の中で、父親は突然地上に倒れて白鹿に変わってしまった。子供は泣きながら鹿を追ったが、鹿は遥か遠くに逃げて、ついに見失ってしまった。子供はそれから一生猟をしないことにした。孫の代になって、また弓矢を習い、ある時、うまく一頭の白鹿を射止めた。意外なことに、その鹿の角の間に道家の七星符があり、そこに祖父の姓名年月が一緒にはっきりと記されていた。それを見て孫は鹿を射たことを悔み、弓矢を焼き捨てた。

注　番陽郡安楽県――「番陽郡」は、今日の江西省鄱陽県の辺りの地名と思われるが、安楽県の地名は、南方にはなく、同名の県が河北地方など、北の方にはあったらしいが、県名に関しては不明。

道家の七星符――道士が信者に配る護符の一種と思われる。

五〇、老子来遊の予兆

老子が西に旅した時には、関守の長の尹喜が紫の気が関所の上に漂うのを見た。すると、果たして老子が黒牛に乗って通ったのであった。

注　関守の長の尹喜――尹喜は、秦の函谷関の関守役人の長だった。「道徳経」五千言を授けられたと言われ、函谷関を出て西に向かう老子に同行したと伝えられる。

以上に翻訳紹介した五〇種の話が、今日見ることのできる「列異伝」の全てである。冒頭の「黄帝の墓陵」や最後の「老子来遊の予兆」のように、残された逸文がわずか一行に過ぎず、その上、それを補うべき共通材料を他に求めることのできないものについては致し方ないが、二十巻本「捜神記」に同じ話が見られるものについては、それを始めに注記した上で、「捜神記」の文章を訳した。ただし、「(一)神との交わり」の「三三、神女が来遊する話」のように、話の最後に明らかに後世の手が加えられている場合には、その部分を削除した。また、「二一、度朔君始末」のように、話の前半だけが残されており、後半がないものについては、これも二十巻本「捜神記」によって補ったが、多少文章に相違のある前半については、「列異伝」を優先して「捜神記」を採っていない。また、「四、鬼(幽霊)との交わり」の「一一、冤罪を暴いて恥を雪ぐ鬼の話」のように、同じ話を語っていながら文章の大部分を異にしている例については、「列異伝」を優先して他は採らないことにした。

「列異伝」の成り立ちを語るのに、残された逸文が五〇種のみというのは何としても少な過ぎるが、この五〇種の逸文に共通する特徴を模索しつつ、それを他の志怪書の特徴と比較する場合、自ずから「列異伝」の話の間に共通する個性が浮かび上がってくる。それを先の解説ではファンタジーと呼んだ。魏文帝の遺志を汲んで「列異伝」の完成に努めた人々の望んだものは、現実の厳しさを忘れて夢の世界を語る民衆の屈託のないイマジネーションだったと思うのである。

ここでは、壮大な六朝志怪のイマジネーションの世界を俯瞰しながら語るゆとりはないが、先に見た五〇種の逸文の関係する所だけを見ても、幾つかの面白いイマジネーションの筋が辿れるので、節を改めて、少々六朝志怪の筋の貸借関係から見えるイマジネーションの世界を垣間見たいと思う。

五、産神問答（産屋の神様）の話について

先に「（八）人間の不思議」の中で、「二二、運定めの話」を見た。この話では、魏の太尉になった華歆が主人公になっており、まだ出世前の華歆がたまたま門前を借りて野宿した家の夫人がお産をし、運定めの神が華歆の前を素通りするのを憚って、彼を「公」と呼んだ所から、自分の運勢を予知した話になっていた。この話では、生まれた子供の運勢は、ただ華歆が自分の運勢を予知するための条件として設定されているだけであったが、「運定めの話」も、時代を追って、また語り手の好みに応じて、いろいろ変化を見たのである。

先に華歆の話の翻訳紹介の所で注したように、二十巻本「捜神記」巻一九にも「運定めの話」があるので、ここに翻訳紹介したいと思う。

陳仲挙は、まだ出世前のある時、黄申という者の家に泊まったことがあった。その晩丁度黄申の妻がお産をした。夜門を叩く者があったが、家の者は誰も気が付かなかった。しばらく経ってからやっと部屋の中から答えた者があった。

「客間に人がいて、入れないぞ。」

すると、門を叩いた者が、言った、

「それでは裏口から入ることにしよう。」

その人は行ってしまったが、しばらくして戻って来た。部屋にいた者が聞いた、

「生まれた子は何だ。名前は何とする。何歳やるのだ。」

行ってきた者が答えた、

「男だ。名前は奴と言う。十五歳やることにする。」

「先には何で死ぬことになる。」

すると、答えた、

「刃物で死ぬはずだ。」

仲挙はその会話を聞いて、家の者に告げた、

「私は人相を見ることができる。この子は刃物で死ぬはずだ。」

それを聞くと、両親は驚いて、どんな小さな刃物も持たせないようにした。この子が十五歳になった時、誰か鑿《のみ》を梁の上に忘れた者がいて、その柄が飛び出していた。奴はそれを木切れだと思って、下から鉤をかけて引いたので、鑿が梁から落ちて、頭に当たって死んでしまった。その後、仲挙は、豫章郡の太守になった時、特に申の家に部下をやって贈り物を届けさせ、奴の様子を確かめさせた。そこで、その家の者が、事情を詳しく知らせると、仲挙はそれを聞いて嘆いて言った、

「これが運命というものなんだ。」

この話では、陳仲挙（蕃）自身の出世は関係ないことになっている。同じ「運定めの話」でありながら、華歆の話を採らずに主人公を陳蕃に置き換えているのはなぜか。個人的な好みの問題だろうか。華歆は後漢の郎中か

ら身を起こし、豫章の太守時代には勢力を張ってきた孫策の厚遇を受け、後には曹操の推挙によって議郎から尚書令となり、文帝の時に司徒、明帝の代に太尉となった人物であり、陳蕃の方は後漢の太尉としてよりも、気骨のある党人として知られた人物であった。戦国を渡り歩いた華歆よりも、一本筋を通した陳蕃の方が好きだったのか、それとも、晋の臣下としては、魏の華歆よりも後漢の陳蕃の方が採りやすかったのか。いずれとも分からないが、子供の寿命を確かめて自分の将来を予見する華歆の話を採らず、自分の出世は関係なく、子供の運勢を気遣ってやる陳蕃の話を選んでいるのには、訳がありそうな気がする。

実は、主人公の出世が予言される話としては、陳蕃を主人公にするより、華歆を主人公にするほうが、話の筋にとっては遥かにふさわしいのである。華歆は、戦国乱世の中を生き抜いて最高位を極め天寿を全うした。一方、陳蕃は、最高位を極めはしたが、後漢末の政変に巻き込まれ、命を落とすことになる。ただし、頑なまでの士風と悪を嫌う潔癖さは、人の判官びいきを誘うものを持っていたはずである。干宝が主人公の出世の予言の筋をはずした理由は、その辺に訳がありそうである。

そこで今一つ、その仲介になりそうな話を見る必要がある。

宋の劉義慶の「幽明録」の逸文に、やはり陳蕃を主人公にした「運定めの話」がある。

陳仲挙は、まだ出世前、かつて黄申という者の家に泊まったことがあった。その晩申の妻がお産をした。仲挙はそれに気が付かなかったが、真夜中になって、門を叩く者がいた。しばらくすると家の中から返事をする者の声が聞こえた、

「門の中には偉い人がいるから入れないぞ。裏門に回ってくれ。」

程なく裏に回ったものが戻ってくる足音が聞こえた。門の中の者が尋ねた、

「どっちだ。名は何という。何歳やることにする。」

戻ってきた者が言った、

「男だ。名前は阿奴という。十五歳やろう。」

また聞いた、

「後には何で死ぬことになる。」

すると答えた、

「人の為に屋根を作ってやっていて地面に落ちて死ぬ。」

仲挙はそれを聞くと、黙ってそれを憶えていた。その後十五年経って、仲挙は豫章郡の太守になった時、部下をやって昔の阿奴という少年の様子を尋ねさせた。すると家の者が言った、

「東隣の家の屋根作りを手伝っていて地面に落ちて死にました。」

仲挙は後に果たして大変な出世を遂げたのだった。


この話は、やはり主人公の出世の予見が重要な筋だったのかも知れない。「幽明録」はその筋を元に戻した形を取っているが、「捜神記」の記している主人公が子供を救ってやろうとした筋書きも捨て難いものがある。いずれにしても落ち着く所は運命なのだと分かっていても、話者の好みに合わせて語りを楽しむのも志怪の楽しみ方だっ

たということだろう。

話者の好みによって変えられる部分はこうして変えながら楽しんだものだろうが、話の持つ重要なテーマは変えずに語られ、そのテーマを表出するのに決まった筋書きを残すのも普通に見る志怪のルールだった。この話の場合は、二人の神の問答がそれであって、このグループに属する話が「産神問答」と呼ばれる由縁である。

六、妖怪退治とタブー

先には方士が方術を用いてする妖怪退治を見た。また、何文の話のように、人より優れた胆力を持ち合わせている人間が妖怪を退治するという話もある。一般に妖怪を退治できる能力のある者が妖怪を退治するという型の話は六朝志怪に非常に多い。しかし、場合によって、ごく普通の人が偶然妖怪退治の方法を知って妖怪を退治することができたという話もある。そのような場合、妖怪退治の鍵になるのはタブーを知ることである。

偶然妖怪のタブーを知って妖怪を退治したという筋書きは時に共通する状況を作り出す。ここでは、その共通するプロットを持つ幾つかの妖怪退治の話を取り上げ、妖怪退治というテーマに向けて設定されるそれぞれのプロットのあり方を比較してみたいと思う。

先に「(二) 祠廟の由来」の「四、怒特祠由来」の話で、足を痛めて動けなくなった兵士が大木の下に寝ていて、木の精の会話を聞いたという話を見た。あの兵士が聞いた「赤い灰」というのが正に大木の精にとってのタブーだったのである。六朝志怪の中には、これと共通するような状況で、妖怪のタブーを聞き出す話が幾つかある。次に紹介するのは、宋の劉敬叔の「異苑」巻三に見える「亀と桑の木」の話である。

呉の孫権が在位していた頃のことである。永康県のある人が、山に入って、一匹の大きな亀に出逢った。彼はすぐにそれを縄で縛って持ち帰ったのだが、縛られると亀が口をきいた、

「遊んでいて時間の経つのを忘れてしまい、貴方に捕らえられることになってしまった。」

その人は大変に不思議なことだと思って、その亀を担いで舟に乗せ、呉王に献上することにした。夜になったので、越里という所に停泊し、舟を一本の大きな桑の木に繋いでおいた。その夜、木が不意に口をきいて亀に呼びかけた、

「ご苦労だな『元緒』。一体どういうわけでそんなことになったんだ。」

亀が答えた、

「私は捕まえられて、これから羹《あつもの》にされるところだ。しかし、たとい南山の木を全部薪にしたところで、私の体を煮崩すことはできまい。」

すると、木が言った、

「呉王の所にいる諸葛恪《かく》という人は物知りだ。きっと君を苦しめるに違いない。私のようなものを彼が探したとすれば、逃れる方法は見つかるまい。」

亀が言った、

「『子明』よ。余り余計なことを言うな。禍がお前にまで及んでしまうぞ。」

すると、木はすっかり黙り込んでしまった。

やがて、建業の孫権のもとに到着すると、孫権は家来に命じて、献上された亀を煮させた。薪を車に一万台分も燃やしたけれども、亀は始めと少しも変わらなかった。孫権のかたわらで部下の報告を聞いていた諸葛恪が言った、

「桑の古木を薪に使えば煮えるでしょう。」

亀を献上した男は、そこで彼が越里で聞いた亀と桑の木の会話をそのまま語った。孫権はそれを聞くと、早速人を遣わして、その桑の木を伐って薪にし、それで亀を煮させると、亀はすぐに煮えたのである。

今でも亀を煮る時は、桑の木の薪を多く使う。庶民の間で、亀のことを「元緒」と呼び習わしているのは、このようなことがあったからである。


この話では、停泊した舟の中で亀を捕まえた男が亀と桑の木の会話から亀のタブーを聞き出すのだが、それに加えて、諸葛恪という物知りを一人付け足している。そのため、亀を献上した男の働きは、桑の古木を探す手間を省いたことだけに止まった。

本来物知り伝説の一環として、物知りが妖怪のタブーを見破り妖怪退治をするという話は、それなりに妖怪退治の一つの型としてあるのだが、この話は、それを妖怪の会話を盗み聞くプロットに組み合わせているのである。物知りのヒーローに関する伝説は古来ある所であって、古くは個人の伝記として伝えられることが多かった。例えば、漢の有名な物知りだった東方朔について「東方朔伝」があるようなものである。それが六朝時代に入って

怪異談が多く語られるようになると、妖怪退治のヒーローとして志怪に登場するようになる。「列異伝」の逸文には残されていないのだが、物知りの話は志怪中においても特徴のあるものなので、ここでは二十巻本「捜神記」から例を取って見ることにする。

二十巻本「捜神記」巻三に、東方朔の話がある。

漢の武帝が東方に旅行した時、函谷関の手前で、何かあるものが道を遮っていた。その怪物は身の丈が数丈もあって、その形は牛に似ており、青い目をして瞳を輝かし、四本の足は地中に入って、動かそうにも動くものではなかった。大勢の役人達はただ驚くばかりであった。するとと東方朔が武帝に、この怪物に酒を注がせて戴きたいと願い出た。そこでそれに数十石もの酒を注ぎかけると、その怪物は姿を消してしまったのであった。

武帝がそのわけを尋ねると、東方朔は答えた、

「あれの名は『患』と申します。人々のやり場のない鬱屈した気持ちが凝り固まって作り出したものです。ここはきっと秦の国の牢獄の跡か、さもなければ、罪人や懲役囚の集まっていた所でしょう。そもそも酒というものは、人に憂いを忘れさせるものです。そのお蔭でこの怪物を消すことができました。」

これを聞いて武帝は言った、

「何と、物知りというものは、こんなことまで分かるものなのか。」

この話は得体の知れない妖怪が登場するので、志怪書に収められているが、話のタイプとしては古い型の話である。

ここでもう一つ、「捜神記」巻一八から物知りが妖怪のタブーを知って退治する話を紹介する。ただし、この話の主人公張華は晋の人で、その上、若者が著名人の下を訪れて議論を挑むプロットも、晋以後の志怪に多く見られるようになるものなので、直接「列異伝」とは関係ないのだが、張華は、志怪の世界では物知りのヒーローとして知られる者であり、その該博な知識を生かし、独力で妖怪を退治する話の一典型として見て頂きたい。ただし、この話は原文の文章に問題があり、原文の表現に関しては、研究対象にできないものであることを予め明らかにしておく。実は、この文章は、どうも後世の異なる志怪書の文章を二つ突き合わせて合成したものらしいのである。この文章の問題点については、話の後注で説明するが、このように問題のある話をあえて引く理由は今一つ、若者が著名人に議論を挑むプロットにある。先に記したように、このプロットは晋以後の話に増えて来るものなのだが、その根本的な原因は、九品中正の制に始まる推薦制度にあるので、これまた六朝時代の話の特徴に繋がる物であると同時に、やがて第三章で扱う科挙の制度の下での小説のあり方にも関連してくることなので、問題があると知りつつあえて採り上げることにした。

張華は字を茂先と言い、晋の恵帝の時、司空に任官した。丁度その頃、燕の昭王の墳墓の前に一匹のまだら狐が棲んでいた。その狐は、千年の年功を積んで、化ける力を身に付けていた。（狐は張華が物知りなのを聞いていたから、）そこで書生に化けて、張華と知恵比べをしようと思い立った。

墓の前の華表のそばを通りかかった時、狐は華表に聞いてみた、

「私の才能で、張司空に太刀打ちできるだろうか。」

華表が言った、

「君の知能は不可能ということを知らない。しかし、張公の知力は大変なものだから、彼を誑《たぶら》かすのは難しいだろう。彼の前に出れば辱められて、生きて帰るのもおぼつくまい。それはただ君の千年鍛えた資質を失うだけでなく、この年老いた私にまで禍を及ぼすことになるのだ。」

狐は華表の忠告を聴かず、名刺を持って張華に会いに行った。張華は、書生の結い上げた髪型がいかにも垢抜けしており、肌の色も玉のように白く、立ち居振る舞いも、目配りの様子も、生まれつきの容姿も、全てが奥ゆかしいのを見て、この書生を大切にもてなした。

やがて彼らは議論を始め、文学のことに言い及び、文章家の名声と実績とを区別し比較したが、それは張華が聴いたこともない理論だった。更に歴史書について論じ、多くの思想家の学問を追及し、「老子」「荘子」の本旨を語り、「詩経」の詩の伝わらなくなった解釈を述べ、議論の内容が、十聖の主張の全てを包括し、天地人の三才を貫き通し、儒家の八派を批判し、五種の礼法の一つ一つを指摘し論ずるに及んで、張華は書生の問いに対して口ごもり、答弁できなくなった。張華は嘆息しながら考えた、

「この世にこんな若者があるものか。これは、もし幽霊や妖怪でなければ、狐か狸に違いない。」

そこで、張華は、寝台を掃き清めて、書生を引き止め、家の者をそばに置いて書生を見張らせた。その様子を見て書生は言った、

「貴方様は、賢者を尊び、多くの者を許容し、能力のある者を褒めて、不能者に哀れみを賜るお立場におられますのに、どうして人の学力を憎まれるのですか。墨子の兼愛の教えとはこのようなものでしたでしょうか。」そう言ってから、書生は、退出させてくれるよう頼んだ。その時には、張華はもう門に人を配して、出入りを差し止めさせていた。そこで、書生はまた張華に言った、

「お屋敷の門に武器や矢来が置かれていますのは、私をお疑いなのに違いありますまい。こんなことをすれば、世の人々は舌を収めてものを言わなくなり、知略にたけた人物が、お屋敷の門を見ても入ってこようとはしなくなるでしょう。私は貴方のために心から残念に思います。」

張華は、それには答えず、ますます見張りを厳重にした。その当時、豊城県の県令だった雷煥《らいかん》は、字を孔章と言い、物知りとして知られた人だった。その雷煥が張華を訪問して来た。張華は、書生との一件を彼に話した。すると、雷煥が言った、

「もしその人物を疑っておいでなら、どうして猟犬を連れてきて試して御覧にならないのですか。」

そこで張華は犬を連れてこさせ、試してみたのだが、書生は予想に反して、少しも動揺しなかった。狐が言った、

「私の生まれつきの才知を、勝手に妖怪と決めつけ、犬でお試しになるとは。そういうことなら、もうどうにでもお好きになさるがよい。どんなことをなさろうと、私に危害を加えることができましょうか。」

張華は、それを聞くとますます腹を立てて、こう言った、

「これは間違いなく本物の妖怪だ。妖怪変化は犬を嫌うと言うが、例外は数百年の年功を積んだ化け物だ。千歳も年を取ったものは、これもまた識別できないが、ただ千年経った老木を焼いて照らせば、たちまち姿を

現すに違いない。」

それを聞いて雷煥が言った、

「千年を経た神霊の宿る木を、一体どうやって手に入れるのですか。」

張華は言った、

「世間では、燕の昭王の墓の前にある華表の材木はもう千年経っていると伝えている。」

そこで張華は、人をやって、その華表を伐らせることにした。使いの者が華表の間近まで来た時、不意に空中から一人の小間使いのような青い着物を着た子供が降りてきて、使いの者に声をかけた、

「貴方は何をなさりに来たのですか。」

そこで使いの者は答えた、

「張司空様のお屋敷に一人の若者が訪ねて参り、お殿様にお会いした。その若者があまりにも才能があって弁舌も巧みなので、お殿様は、彼は妖怪であろうとお疑いになり、私に言いつけて、あそこの華表の木を取りにお遣わしになったのだ。あの木を持ち帰って、その若者を照らしてみようというわけだ。」

それを聞くと、青い着物の子供は言った、

「あの老いぼれ狐めが。知恵がないものだから、私の忠告も聞かずに行きおって、もう禍が私にまで及んでしまった。どうあがいたとて、もう逃れる道があるもんか。」

そう言うと、子供は声を上げて泣き、パッとどこかに見えなくなった。

使いの者が華表を伐ると、木から血が流れ出た。使いの者はすぐに木を持ち帰り、それを燃やして書生を照

らすと、それは何と一匹のまだら狐であった。

張華は言った、

「この二つの妖怪は、もし私に廻りあわなければ、たとい千年経ってももう捕まらなかったろう。」

そして張華は、その二つの怪物を煮てしまったのだった。

注　中国の汪紹楹氏は、この文章について前半は唐の薛用弱の「集異記」から、後半は稗海本「捜神記」から取って合成した物だとする。（汪紹楹校注「捜神記」一九七九年中華書局刊）

この話は物知りと妖怪のタブーの二つの要素が鮮明に生かされている話なので、参考までに引用したが、原文の文章自体は、汪紹楹氏の指摘のように、作られた文章になっており、二十巻本「捜神記」の中にあっても、前後の話の文体と、趣を異にする所がある。ここでは、この話を「物知りの妖怪退治」の一つの典型的なタイプを示すために引用した。また、前述したように、若者が知識人として知られた人物に議論を挑む話も、晋以後の志怪に多く見られるようになるものである。

七、志怪と語り物との関係について　――比翼相思樹伝説の場合――

第一章で「不幸に死んだ夫婦の物語」を説明した際に、あの作品が全三五七句の長い語り物でありながら、志怪に通じる序破急の三段構成を見ることのできる作品だということを述べた。特にあの作品の場合は、破の部分を構成している墓地の場面で、比翼の鳥と連理の枝の描写に直接志怪との関係を見ることができるのである。志怪同士の間での筋の貸し借りについては、すでに妖怪のタブーを語る話についてそれを見たが、「不幸に死んだ夫婦の物語」の場合は、志怪と芸人の語り物との間の筋の貸借関係という事になる。それも六朝時代では、芸人が志怪を読んで取り込んだのではなく、志怪の話を語るのを聞いて、自分の話に取りこんだ可能性が強いから、言い換えれば、広義の語り物から狭義の語り物へ話の筋を取り込んだということになるのである。

話の内容からして、伝承は志怪の話の方がより古いと思われるので、ここにその貸し方に当たったと思われる「韓憑夫婦」の物語を二十巻本「捜神記」巻一一から引いて、紹介したいと思う。

宋の康王の舎人を勤めていた韓憑は、何氏の娘を嫁にもらったが、彼女はとても美しかった。彼女に横恋慕した康王は、憑から彼女を奪い取ってしまった。憑がそれを恨んでいると、王は彼を捕らえさせ、ありもしない罪を被せて、彼を城壁作りの人夫にしてしまった。王宮に入った憑の妻は、こっそり憑に手紙を送ったのだが、万が一を考え、わざと言葉を紛らわしくして、以下のように認めた、

「長雨が絶え間なく降り続き、川幅は広く水は深い。日が差し上って私の胸を照らします。」

やがて王はその手紙を手に入れると、側近の家来に読ませたが、王の側近には、その意味の分かる者がいなかった。やがて、蘇賀という者がそれを解読して答えた、

「長雨が降り続くというのは、愁いに沈みながらなお慕い続けているということです。川幅が広く水が深いというのは、往来することができないということです。日が上って胸を照らすというのは、心に死ぬ覚悟があ

るということです。」

（それから間もなく、）韓憑は急に自殺してしまった。それを知ると、憑の妻は、人に知られぬように着物を腐らせておき、王が彼女と高殿に上った折に、自ら高殿から身を投げたのである。王の側近の者が彼女の身体を摑もうとしたが、着物を摑まえることができず、彼女は死んでしまった。彼女は遺書を帯に挟んでおり、それにはこう書かれていた、

「王様は生きた私の体を利用されましたが、私は死後を私のものにしたいと思います。どうか私の死骸を韓憑に下しおかれて、一緒に埋葬して下さい。」

それを読むと、王は腹を立てて、彼女の願いを聴かず、土地の村人に埋葬させたのだが、わざと夫婦の墓を離して向かい合わせに作らせたのである。その墓に向かって、王は言った、

「お前たち夫婦はいつまでも愛し合っていた。もしお前たちが墓を一つに合わせることができれば、もう私は邪魔はしないぞ。」

するとわずかの間に、大きな梓の木が二つの墓の端に生え出して、十日もするとたちまち一抱えの太さになった。そして幹を曲げて互いに近付きあい、根は地下で交わり、枝は空中で交差した。また、雌雄一つがいの鴛鴦《おしどり》がその木の上に棲みつき、朝から晩までその木を離れず、首を寄せ合いながら悲しげに鳴き、その声は、聴く人の心を引き付けた。

宋の国の人は、この夫婦に同情して、その木を「相思樹」と呼ぶことにした。つがいのものに「相思」という名をつけるのは、これから始まったのである。南方の人々は、その鳥は韓憑夫婦の霊魂だと言い伝えている。

今でも睢陽県には韓憑城と呼ばれる城跡があり、夫婦のことを歌った歌が伝えられている。

ここでは睢陽県（今の河南省商丘県の南）の名を出しているが、韓憑の作った城跡と称するものは、古い地理書に散見するもので、どうやら土地にまつわりながら伝説として伝えられたものらしい。それだけ人口に膾炙したものであれば、語り物芸人にとっても、プロットは借りやすかったのだと思われる。伝承説話と語り物の結び付きの好例である。

第三章　隋唐代における語り物と小説との関係

説唱俑　四川成都天廻山出土　東漢

一、推薦制度の弊害と科挙の実施について

魏朝が民間から人材を募るべく実施した九品官人法は、中正による推薦を要とする所から始まったものであり、始めのうちは、人材の登用に当たって効力を発揮していたが、隠然たる勢力を保つ貴族層が世襲によって次第に厚くなると共に、官界にも貴族層に結び付く高級官僚と寒門と呼ばれる下級官僚の間に身分の格差が広がり、社会的な不安が増すと共に、皇族、貴族、官僚を縦に貫く人脈も形成され、有力な豪族を中心に形成された政治的党派が互いに際限を知らぬ争いを展開する六朝の混乱期を迎えるに至る。漢族のそうした混乱に乗じて、更に北方から異民族が侵入し、西晋王朝を滅ぼすと、中国大陸は南北朝の戦乱期に突入する。

南北朝の混乱状態を統一し建国した隋王朝は、人材を募ることと、信頼できる直属の臣下を得る必要から、官吏登用試験として、科挙の制度を起こした。しかし、隋王朝は短命に終わり、事実上この制度は唐王朝によって実施に移されることになる。

六朝以来の名門に対しては蔭官の特権を残してはいたが、この制度によって民間に登竜門を登る条件が作られたことになり、庶民の間にも、書を読み筆を執る者の数が増大した。それまで昔語りを聴いたり語ったり、芸人の語りを聴くことはできても、志怪書を読み、話を書くことのできなかった民衆の中にも、それをできる者が増えてきたというわけである。

こういう情勢の下で、唐代の始め頃から、書き下ろされた小説が見られるようになってくる。

二、初唐期の小説と語り物

志怪規模の書き下ろし創作としては、つとに東晋の陶淵明に「桃花源記」（「桃花源詩」の序）があったが、隋唐の間に至ると、にわかに創作される小説が現れてくる。

隋唐間の人王度《おうたく》は、「古鏡記」を著したが、これは志怪規模の話を数珠繋ぎにして著した形のものだった。作者不詳の「補江総白猿伝」は、基本的に歴史書の文体で書かれたものだが、一部に語り物の文体を髣髴とさせる文体で書かれた部分がある。本書第一章に引いた「不幸に死んだ夫婦の物語」の中で、婚礼の品が列をなして太守の屋敷に運び込まれる様を描写した文章に、冗長重畳を厭わない形容句の連続を見たが、それに類する描写が「補江総白猿伝」では、主人公の欧陽紇《おうようこつ》が白猿にかどわかされた妻を捜すために山に分け入っていく場面の描写に見ることができる。ただし、この表現の中心になる部分は、わずか六句位で四字句の連続はその前後にもあり、全体は歴史書の文体で著されている。

これは文体の問題であるので、第一章と同様訳文の下に原文を示すことにする。

宿舎を二百里ばかり離れ、南の方に山があり、	遠所舎約二百里、南望一山、
緑色に聳《そび》えているのが見えた。	蔥秀迴出。
その下まで行くと、深い谷川が周囲を廻っており	至其下、有深溪環之、
木を編んで橋にしていた。	乃編木以度。

聳え立った岩や緑の竹の間に、時々赤い着物が見え、　絶巖翠竹之間、時見紅綵、
談笑する声が聞こえた。　聞笑語音。
蔦に縋《すが》り、綱に頼ってその上に登ると、　捫蘿引緪、而陟其上、
美しい樹木が並べ植えられていて、　則嘉樹列植、
その間に奇麗な花が咲いていた。　間以名花。
その下は緑の叢《くさむら》で、厚く柔らかく絨毯を敷いたようだった。　其下緑蕪、豐軟如毯。
あたりは清らかに奥深くそして高く聳えて静寂な、　清迥岑寂、
遥かに隔絶された別世界の感があった。　杳然殊境。
東向きに石の門があり、女性が数十人、　東向石門、有婦人數十、
帷子《かたびら》を美しく着飾って、楽しげに戯れ歌い笑いつつ、　帔服鮮澤、嬉遊歌笑、
その門に出入りしていた。　出入其中。

この二二句の内、純粋に風景を描写していると言えるのは、中央の「則」から後の六句のみである。それでも作品全体の中で、この表現はここにしかなく、意識的に作られた文章と言える。四字句の連続は歴史書の文体に見られるものだから、珍しいものではないが、ここに見る形容句の連続は、作者の脳裏に語り物のリズムがあった可能性を感じさせるものである。

これだけのわずかな文章表現からも察せられると思うが、唐の小説の文体は、話の筋のみを重視して書かれる

志怪の文体とは全く違う、文章表現の芸術性を重んじる肌理《きめ》の細かい独創的なものであった。
初唐期の小説に見るこの種の芸術性は、美文の聞こえ高い「遊仙窟」において更に強調される。形容句の対句を重ねて庭園の風景を描写した文章によって、その芸術性の極致を鑑賞したい。

その時の庭の様子は、様々な果樹がたくさん植えられ、
青や緑に生い茂り。
花々があたり一面に咲き誇り、紫や赤の花を散らしていました。
石を打つ泉が、岩を裂き石畳を穿《うが》っていました。
冬も夏もなく、愛らしい鶯が美しい枝に鳴いています。
昔もなければ今もなく、奇麗な魚が銀の池に踊っています。
美しく生い茂り、涼しい音を立てて風が吹き、
鵞鳥や家鴨《あひる》が飛び交い、蓮が所々に花を開いていました。
大きな竹や小さな竹、渭南の千畝の竹林にも見紛うばかり。
花々は蕾を付けまた咲き誇り、河陽の一県に花を咲かせた
　潘岳を笑うかのように見えました。
青々とした岸の柳は、武昌の柳を思わせる程にたくさん
　細い枝をなびかせていました。

其時園内、雜果萬株、
含青吐綠。
叢花四照、散紫翻紅。
激石鳴泉、疏巖鑿磴。
無冬無夏、嬌鶯亂於錦枝。
非古非今、花魴躍於銀池。
阿娜蓊茸、清冷颼飀。
鵝鴨分飛、芙蓉間出。
大竹小竹、誇渭南之千畝。
花合花開、笑河陽之一縣。
青青岸柳、絲條拂於武昌。

真っ赤に花を付けた山楊《さんよう》は、董沢《とうたく》の蒲《がま》よりも多く
　矢柄を並べておりました。

赫赫山楊、箭幹稠於董澤。

「遊仙窟」の場合は、作品全体が、美文で綴る事を意識して、徹頭徹尾対句を連ねて作文しているので、対句構成を見ようとするならば、ここの情景描写に限る必要はないのだが、「その時の庭の様子は（其時園内）」と主題を歌い起こすと、その後の二二句は、全て形容句を重ねた対句の連続である。このような作文技法は、文のリズムだけを捕らえて見るならば、やはり語り物の調子を意識していたと言えるであろうか。しかし対句を語る場合、語り物に特有の対句の作り方があった。本書では、先に古代の語り物三種を見ているから、そこでは、語り物の対句の実例が自由に見られるので、理屈で説くよりも、実際に作品に照らしてもらう方が良いのだが、この「遊仙窟」の庭園の描写にも、実際は、本格的な作り方に従った対句と語り物の作り方で間に合わせた対句の両方が現れているのである。

「燕丹子」の始めに見える特殊な技法で作られた文章を説明した際に、内容の転換に関わりなく、音節数のみを揃えて対句を作る語り物独得の対句の作り方に注意を促した。この庭園の描写にそれを拾えば、中央に置かれた四字句四句がそれに当たる。「阿娜蓊茸、清冷颼颸。鶗鴂分飛、芙蓉間出。」この四句は、その前後にある「四字六字四字六字」の本格的対句の繋ぎに軽い気持ちで置かれたものかも知れない。本格的対句は句中の向かい合った位置に同じ種類の言葉を入れなければならず、片方が典故を用いていれば、同じ位置にそれに見合った典故を入れなければならないのである。語り物の場合は、形式の上で本格的な対句の作り方を見せる場合があっても、

リズムの良さを追求するのが語り物の生命であるため、内容は通俗的なもので間に合わせている場合が多い。その点、「遊仙窟」の対句は、語り物の通俗的なものに比べれば本格的と言えるのである。ただし、「玉台新詠」の序文に見るような重厚なものに比べれば、軽い感じは免れないが。

その点、「補江総白猿伝」の文章で指摘した山の風景の描写は、語り物的にリズムを重んじて作られた対句と言える。しかし、全体を四字句の連続で作っているため、そのリズムも、歴史書の文体のリズムであった可能性もある。しかし、ここに引用した部分については、形容句の連続が見られ、作者が語り物のリズムを思い浮かべた可能性も否めない。

ここに「遊仙窟」と「補江総白猿伝」の二作品について、語り物のリズムに近いものが感じられるということを述べたが、これはあるいは、これらの作品の作者達が日常聞きなれている語り物のリズムが無意識のうちに脳裏に浮かんできて、その影響が文章に現れたのかも知れないのである。

また、王度の「古鏡記」については、一枚の古い鏡が人手に渡りながら各地を転々とするうちに起こす事件を綴るのに、志怪規模の話を数珠繋ぎにしたような形で著されているという特徴を指摘したが、これは言うならば、広義の語り物の影響を脱していないということかも知れない。いずれにしても、初唐期の小説は、まだ語り物の影響を脱していなかったと思われる。科挙の登竜門に向かって勉強を始めた庶民出身の若者が、次第に力を付けて、唐代伝奇、あるいは伝奇小説と呼ばれる唐代独得の小説を編み出すのは、安史の乱を経た中唐以後のことになる。

三、唐代伝奇と語り物

唐代に書かれた小説を指して「唐代伝奇」と呼ぶ習慣は、近代以後に起こったことであって、「伝奇」とは、元々唐代の語り物に対する呼称であった。例えば元稹《げんじん》の「鶯鶯伝《おうおうでん》」のような、紆余曲折に富んだ男女の恋愛を内容とする語り物のことだったようである。それが、裴鉶《はいけい》が自分の短編小説集に「伝奇」という名を付けた所から、後世要らざる誤解を招くようになってくる。裴鉶としては、自分の作品の素材を多く語り物の「伝奇」から得ている所から付けた題名だったのかも知れないが、この命名が後世多くの誤解を生む結果になった。

事はこの紛らわしさを、北宋の詩人である陳師道が利用したことから始まった。陳師道は、文学評論「後山詩話」の中に、次のような文章を書いた。

范文正公爲岳陽樓記、用對語說時景。世以爲奇。尹師魯讀之曰、「傳奇體爾。」傳奇唐裴鉶所著小說也。

（范文正公仲淹は、「岳陽楼記」を著し、対語を使って時と共に移り変わる風景の様子を書いた。世の人々は素晴らしいと称えたが、尹洙《いんしゅ》はそれを読んで、「これは伝奇の文体じゃないか」と言った。伝奇は唐の裴鉶の著した小説である。）

この文章を事情を知らない者が普通に読めばどうしても、尹洙（字は師魯《しろ》）が言ったのは、「皆は素晴らしいと言って褒めるが、これはたかが伝奇（裴鉶の小説）の文体じゃないか」という意味だと理解するだろう。しかし、実はそうではなかったのである。ことさら人々のそういう誤解を引き出すために、陳師道は最後に「裴鉶の小説だ」という要らざる解説を付け加えたのであった。実を言えば、陳師道は、李白のような気宇壮大な詩を好む詩人として、どうしても謹厳な儒者官僚の范仲淹が好きになれなかったのである。

だから陳師道の目論見としては、人々が先の「後山詩話」の文章を自然に読んでくれれば、尹洙が言ったのは、皆が素晴らしいと言って称える范仲淹の対語は「たかが伝奇（小説）の文体だから、大したものではない」という意味に理解してくれるだろうということだったのである。しかも、尹洙は元々古文家として知られた文章家であった。古文の文体というのは、当時は、欧陽脩とその弟子王安石や蘇東坡らの唱える古文復興の標語の下に次第に見直され、地位を高められてきた文体で、元は、六朝以来盛んになっていた対句を使って形式を飾ることを重視する駢体の文章に反対して、唐の韓愈や柳宗元によって提唱され、唐代においては好んで小説を書く若者らの支持を集めた文体だった。しかし、唐代ではさほどの勢力は持ち得ず、宋に入ってから政治力のあった欧陽脩とその一門の弟子達の活躍で力を持ってきた文体だったのである。

古文復興運動は、六朝以来の四六駢儷体は形式に凝り過ぎて内容が空疎になりがちだという理由から、「文は秦漢」と唱えて、表現の自由な開放を求めた運動であった。しかし、古文が力を持って来た時代にあっても、駢体文がなくなってしまったわけではなく、その華麗な文体を好む者は相変わらず跡を絶たず、噂に上った范仲淹も駢儷体を能くした人だったのである。そのため、後世、先の「後山詩話」の文章を読む人の中には、この表面的な理由から先の問題を誤解した人々も多かったことと思う。しかし、その実、尹洙は范仲淹を尊敬して親交を重ねていたし、范仲淹自身もどんな文体でも書くことのできる才能のある人だったから、二人の関係が悪化することは考えられなかった。

ところで、評判になったという「岳陽楼記」の対語というのは、どういう文章なのであろうか。ここでは、その文体を確かめることから、この問題を見直したいと思う。

范仲淹がこの文章を書くことになった経緯から考える必要があるが、この文章の始めにその説明があって、それによれば、宋の仁宗の慶暦四年に、この地の太守に左遷されて来た滕宗諒《とうそうりょう》が岳陽楼を修復し、その完成を記念する文章を彼に依頼してきたために書いたというのが、その理由であった。この理由説明のすぐ後から問題になっている湖の情景を描写する文章が続くので、そこからの文章を引用することにする。

私が見た所、巴陵郡の明媚なる風向は、
　　洞庭の一湖に尽きる。
遠い山の姿をも映し、長江の水をも飲み込み、
　　広々とゆったりと広がって際限なく、
朝日に照らされた景色、夕闇が迫った景色、様々な気象の変化、
これがこの岳陽楼上からの眺望である。
多くの先人のこれを称えた文章が残されている。
なぜなら、この水は北は巫峡まで続き、
　　南は瀟水湘水を飲み込み、

予觀夫巴陵勝狀、
在洞庭一湖。
銜遠山、呑長江、
浩浩湯湯、橫無際涯、
朝暉夕陰、氣象萬千、
此則岳陽樓之大觀也。
前人之述備矣。
然則北通巫峽、
南極瀟湘、

左遷されて来る旅人や風流を求める文人が
　多くここに集ってくる。
ものを見る感情が、人によって異ならないはずがあろうか。
例えば長雨がしとしとと降り続いて、何ヶ月も晴れず、
強風が激しい音を立てて荒れ狂い、
　逆巻く大波が空中に高く打ち上がり、
日も星も光を隠し、周囲の山々も姿を隠し、
商人や旅人の行き交う姿もなくなり、
　舟の帆柱も傾き、楫《かじ》も打ち砕かれ、
夕闇が薄暗く迫ってくれば、その心細さに虎も吼え猿も鳴く。
こんな時、この岳陽楼に登れば、
　国を離れて故郷を懐かしみ、
人の讒言を恐れ謗りを気遣い、見渡す限りの寂しい風景に、
感極まって悲しむ者もいるであろう。
しかし、一旦、春気候が和らいで明るい日差しの下、
波も静まり、上空にも水面にも日の光がいっぱいに満ち、
ただ一面紺碧の水が果てしなく広がって、

遷客騷人、
多會於此。
覽物之情、得無異乎。
若夫霪雨霏霏、連月不開、
陰風怒號、
濁浪排空、
日星隱耀、山岳潛形、
商旅不行、
檣傾楫摧、
薄暮冥冥、虎嘯猿啼。
登斯樓也、
則有去國懷鄉、
憂讒畏譏、滿目蕭然、
感極而悲者矣。
至若春和景明、
上下天光、
一碧萬頃、

水鳥は飛び集り、魚も鱗をきらめかせながら泳ぎ回り、
岸辺には香りのよい草が、ふくよかに青々としている時、あるいは霞が空にたなびき、白い月の光が辺り一帯を照らし、
浮ぶ月光が金波を躍らせ、静かな月影が白玉を沈め、
猟師の歌が歌い交わしている時、この楽しみは際限がない。
このような時、この楼に登れば、
心も晴れ晴れと精神も和らぎ、世の栄達も屈辱も皆忘れ、
杯を取ってこの風景に臨めば、その喜びは極まりない。
沙鷗翔集、錦鱗游、
岸芷汀蘭、郁郁青青、
而或長煙一空、浩月千里、
浮光躍金、靜影沈璧、
漁歌互答、此樂何極。
登斯樓也、
則有心曠神怡、寵辱皆忘、
把酒臨風、其喜洋洋者矣。

これが陳師道の言う「対語を以って時景を説いた」文章であった。内容を一覧すれば、形容句の連続は説明を要さないであろう。次の問題は対句の構造である。この全文から同数の字を向かい合わせた対句の数を数えれば、全部で四四句二二組が数えられると思う。この中で、規格正しい対句というのは幾つ数えられるだろうか。私の試算する所では六組半だと思われる。半分規格正しい対になりかかっているのは、「陰風怒號、濁浪排空」の一対で、これを対句と認めるかどうかで数が変わってくるが、いずれにしても、規格正しい対句は二二組中六組か、六組半しかないのである。つまり残りは全て字数だけを揃えた対句だというわけである。

我々はすでに音節数だけを揃えた対句が語り物の対句の特徴だという事を知っている。きちんと整った本格的な駢儷体の文章を綴れる范仲淹が一体どういうわけでこんな文章を書いたのか。「范文正公文集」全体を確かめて

も、この種の文体はここにしか見られない。つまり范仲淹は故意にこの文体を選んだに違いないのである。それは何のためだったたか。「岳陽楼記」は、この文章の後にまとめの文章を付け加える。

あゝ、私は以前に昔の仁人の心を学ぼうとしたことがある。それが今述べた二者の所行と異なるのはなぜか。ものを得ることを喜びと思わず、自分のことで悲しまず、偉くなって御殿の高い所にいるようになった時には、自分の治めている土地の民衆のことを気にかけ、都を遠く離れた地方にいる時は、都にいるご主君のことを気にかける。これはつまり、進んでも心配し、退いても心配するということだ。それでは一体いつ楽しめるのか。彼はきっと言うに違いない、「心配事は、世の人々より先に心配し、楽しみごとは、世の人々より遅れてたのしむ」と。あゝ、この人がいなければ、『私は誰と一緒にいられるだろう』。(「」内は「曾子立事篇」の引用。『』内は「礼記檀弓篇」の引用。)

この文中の「二者の所行」というのは、先の対語の情景描写の中に出てきた天候不順な時に感極まって悲しむ者と、春のうららかな時に酒を酌んで楽しむ者を言っているのである。

文章の冒頭では、赴任後の滕宗諒の事について、多少社交辞令的な語気を含みながら、「政通人和、百廢具興。(政治は順調に行なわれ、住民は平和を謳歌し、廃れていたものが全て生き返った。)」と述べ、末尾の「其必曰(彼は必ず言うに違いない、)」以下の為政者の心得に結ぶのである。そして、中間の「時景」を描写した「二者の所行」については、先に訳文で示したように、それは仁人の心得とは違うとした上で、「是進亦憂、退亦憂。(進んでも心配し、退いても心配するということだ。）」と言い、これから太守として巴陵郡を治めていかなければならない滕宗諒のために訓戒しているのである。従って、洞庭湖の時景は、訓戒のための材料として使われたことになるわけで、范仲淹としては、折角の洞庭湖の美景を華麗な駢儷体で無条件に称えることはならず、思案した末に選んだのが、華やかではあるが重みに欠ける語り物の文体であったと思われるのである。

そういうわけで、尹洙が「傳奇體爾。（伝奇の文体じゃないか。）」と言って蔑んだのは、范仲淹の作文を蔑んだわけではなく、この文体の正体を見抜けなかった世の人々の鑑識眼を蔑んだのであった。つまり世の人々が称えていたのは本格的な対句ではなく、自分たちが普段聞き慣れている語り物のリズムだったのである。

そしてこの事は、陳師道も知っていたはずなのだが、彼はことさら人々の誤解を招くように、尹洙の言葉の後に「傳奇唐裴鉶所著小説也。（伝奇は唐の裴鉶が書いた小説である。）」と付け加えた。これは当時も文章としては蔑視されていた「小説」という言葉を引き合いに出して、范仲淹の文章の価値を貶めようとしたのである。陳師道一派が范仲淹を嫌っていた様子は、同じ「後山詩話」の中の次の話から知られるであろう。

私は李白の詩を評して、「洞庭の野で音楽を演奏するようで、始めもなければ終わりもなく、変幻自在で、並みの物書きが口にできるようなものではない」と言った。我が友の黄介は、私の李杜優劣論を読んで言った、「文正を論ずるには、こうは言えませんな。」

私はこれはものの分かった言葉だと思う。

黄介は、李杜優劣論の中で陳師道が李白の詩を洞庭の野で音楽を演奏することになぞらえているのを読んで言っているのだから、当然「岳陽楼記」を想起して言っているのである。雄大な洞庭湖の風景を眼前に見ながら、なおその風景を「だし」に使って、友人に訓戒を垂れる謹厳実直な儒者官僚の気質は、どうしても陳師道には受け容れられなかったのだと思われる。

逸話の引用が長くなったが、この「岳陽楼記」の文章によって、唐宋代の語り物の文体の形がかなり明瞭になったであろう。范仲淹が意識的にその文体を作ってくれたお蔭である。

ここで話を唐代伝奇のことに戻さなければならないが、初唐期の小説はまだ広狭両様の語り物の影響を残しており、唐独自の小説の文体が形成されるのは安史の乱以後のことになるという事は前節で述べた。この時期的条件は、結局科挙に合格して中央官界に進出してくる新興知識人の層が厚くなるのに比例して小説が書かれるようになってきたということなのである。この小説流行の動機となったのは、科挙の制度に伴う温巻の風習の影響が大きいということもよく言われる。つまり、挙人と呼ばれる科挙の試験を受ける者が、始めに自分を推挙してくれる有資格者に試験の主司に名を通してもらい、その後二度にわたって文章を献呈することで、その際に小説を書いて献じたのだろうというのである。やがて開成の頃になると、折から権力の座にあった牛僧孺の下に小説を能くする若者が集ったらしい。牛僧孺自身も小説を著すほどの小説好きだったからである。

そういう政治的な動向とは別に、当時の詩や文章を能くする人々は、花柳の巷に出入りすることも多く、芸人を呼んで語りを楽しむこともよくしたようである。元稹に友人の白楽天と共に行楽した際のことを著した詩があり、その詩句に付けられた原注に語りを聴いた時の模様が記されている。その詩の題名は「酬翰林白學士代書一百韻（翰林院の白学士にお返しとして記した一百韻の詩）」と言い、この詩の中の「翰墨題名盡、光陰聽話移（友人の白学士はいつものように名を書き付け終わり、時は語りを聴いている内に移り変わった。）」という二句に付けられた注は、次の通りである。

樂天每與予游、從無不書名屋壁。又嘗於新昌宅說一枝花話、自寅至巳猶未畢詞也。

（白楽天は、私と遊ぶ時はいつも必ず自分の名前を部屋の壁に書きつけた。またある時は、新昌街の私邸で「一枝花」の語りを語らせたことがあったが、寅の刻から始まって、巳の刻になってもまだ語りは終わらなかった。）

この「一枝花」というのは、南宋の羅燁《らよう》の「酔翁談録」癸集に、「李亞仙不負鄭元和（李亜仙は鄭元和を裏切らなかった）」という話があって、その始めに、「李娃長安娼女也。字亞仙、舊名一枝花。（李娃は長安の遊女であった。字は亜仙で、幼名は一枝花といった。）」とあって、白行簡の「李娃伝」の話を記している。一枝花は李娃の幼名だというから、元稹らが聴いたのは、李娃の幼い頃からの話だったのかも知れないが、それにしても、寅の刻から巳の刻（約六時間）というのは長過ぎる。聴いた所は白居易の私邸だというから、白行簡も一緒に聴いていたかも知れない。

この話のように、唐代伝奇の作者も語りを聴く事はよくあったと思うが、この時期にもなれば、唐代伝奇は、語り物とは違う独自の文体を作っていた。

唐代伝奇の文章も基本的には、古文体の自由さを持つものだが、文中特に力を込めて書くべき所に至ると、四

字句の連続する表現が現れる。例えば、

士之生世、當建功樹名、出將入相、列鼎而食、選聲而聽、使族益昌、而家益肥、然後可以言適乎。吾嘗志于學、富於遊藝、自惟當年、青紫可拾、今已適壯、猶勤畎畝、非困而何。（「枕中記」）

（男がこの世に生きるには、手柄を立て名を顕し、地方に出れば将軍となり、中央に入れば大臣となり、鼎をたくさん並べて食事をし、良い声を選んで歌を聴き、一族をますます栄えさせ、家をますます肥らせて初めて意に叶ったと言えようか。私はかつて学問に志したことがあり、芸事も充分身に付けている。自分ではすぐにでも出世できると思っていた。ところが今はもう三十になろうとして、まだ畑仕事に勤めている。これが困った状態と言えまいか。）

吾曩日不能相負、棄大義而來奔君。向今五年、恩慈閒阻。覆載之下、胡顏獨存也。（「離魂記」）

（私はその昔貴方を裏切る事ができず、親の大恩を見捨てて貴方の下に逃げてきました。あれからもう五年、両親の恩愛も途絶えてしまっています。この天地の間に、どんな面目を保って一人で生きて行くことができましょうか。）

この二例は、いずれも主人公の止むに止まれぬ気持ちを表している所である。このような場面の切羽詰まった感情を表すのにふさわしい効果を表す表現法として、四字句の連続する形を選んでいるのである。

また四字句の連続は、人が物事に真剣に取り組む様を描写する際にも用いられた。

至旗亭南偏門鬻墳典之肆、令生揀而市之、計費百金、盡載以歸。因令生斥棄百慮以志學、俾夜作晝、孜孜矻矻、娃常偶坐、宵分乃寐。伺其疲倦、即諭之綴詩賦。（「李娃伝」）

（時の楼の南門にある書店に行って、彼に本を選んで買わせ、代価百金を支払って、全部車に積んで持ち帰った。そして彼には余念を全て棄てて学問に集中させ、夜も昼も区別なく、ひたすらこつこつと勉強させ、李娃は始終前に坐って、真夜中にならなければ寝なかった。そして、彼が疲れたのを見ると、すぐに気分転換に詩や賦を作らせた。）

形式に捉われない自由な古文体を基調として、必要な箇所にこのような特殊表現を有効に用いて効果を狙うのである。これが唐代伝奇の文体であった。この「李娃伝」の場合も、元の語り物は、「寅の刻」から「巳の刻」まで聴いてもまだ終わらなかったと言うのである。この所要時間を今の時間に直せば、最短で計算しても四時間であろう。白行簡が著した文章は、約四四〇〇字ほどだから、どうゆっくり読んでも四時間かけて読むのは難しい。つまり元の語り物には、重畳冗長を厭わない同形句の繰り返しや、際限を知らない形容句の積み重ねなどがふんだんに盛り込まれていたということなのである。語り物の文章が、音楽の伴奏もなく、何の節も付けずに読み上げられたとすれば、聴くに堪えない物であったに違いない。語り物は、名調子があって初めて鑑賞できる芸能であった。唐代伝奇の作者達は、一方にその名調子を聞いて楽しみつつ、自分の文体で作品を書いたのである。

また逆に、先に書かれた唐代伝奇の作品に手を加えて語り物に作り直した例も多かったに違いない。そうして作られた語り物の名調子は、どうやら時代の転変を超えて北宋の街にも伝えられていったらしい。

先に「岳陽楼記」のことについて名前を出した陳師道とほぼ同年代の人に、趙令時《ちょうれいじ》、字は徳麟《とくりん》という人がいて、宋の皇族の一人でありながら、かなり風流を好んだ人らしく、「鼓子詞蝶恋花」という題名の語り物を作った。これは太鼓の伴奏に乗せて、「商調・蝶恋花」という曲調で歌い語りに語られる語り物で、元稹の「鶯鶯伝」を語ったものだった。この作品の序に、趙令時はこう書いている、

「折角のこの物語が、残念なことには、まだこのための曲も作られておらず、そのためこれを歌うこともできなければ、また笛や琴などで演奏することもできないのです。……これが我々一同の残念に思う所です。（惜乎不被之以音律、故不能播之聲樂、形之管弦。・・・此吾曹之所共恨者也。）」

この序の様子から見れば、当時街で聞かれる語り物には、唐代伝奇の物語を語るものが多くあったに違いない。ところが、この「鶯鶯伝」だけは、取り残されて、まだ語り物になっていなかったというのである。この序の末尾の部分に彼はこの作品の工夫についてこう書いている、

「今暇に任せて、その文章を詳しく見直し、煩瑣にわたる所を省略して十章に分け、各章の後に歌を続けて、時にはその文章全体の意味を取り、時にはその趣旨を取りました。また別に一曲を作って、それを物語の前に置き、予め前段の内容を述べます。音調は商調で、曲名は蝶恋花と言います。句ごとに情を著し、篇ごとに意味を表します。（今於暇日、詳觀其文、略其煩褻、分之爲十章、毎章之下、屬之以詞、或全摭其文、或止

取其意。又別爲一曲、載之傳前、先敘前篇之義。調曰商調、曲名蝶戀花。句句言情、篇篇見意。)」

ここで言う「煩瑣にわたる所」というのは、元稹の原作中にある詩や手紙の文章である。原作は手紙の文章と詩が作品全文の半ばをしめ、あたかも作者の作文能力を誇示するかに見える。「鶯鶯伝」が取り残されて語り物にならないまま置かれていた原因はその辺にあったのかも知れない。

この序に続いている歌い手に対する指示と、「蝶恋花」の第一章を訳す、

「歌い手さんよご苦労さん。まず曲の調子を決めてから、つたない歌詞を聴いてもらいましょう。(奉勞歌伴、先定歌調、後聽蕪詞。)」

「見目麗しい仙女は月の宮殿に生まれ出で、人間界へと流されましたが、卑俗な情の乱れを免れず、宋玉の垣の東でなまめかしい流し目を送り、花の咲き乱れる奥深い所で相見《あいまみ》えたのでありました。秘めた思いの極りない喜びは初めて結ばれる縁を得ましたが、漏れ出でる浮名は如何ともするなく、程なく相離れることとはなりました。それにつけても恨めしいのは、才子の情の薄いことであります。別れた人の恨み心も全く顧みることはありませんでした。(麗質仙娥生月殿、謫向人間、爲免凡情亂。宋玉牆東流美盼。亂花深處曾相見。密意濃歡方有便。不奈浮名、旋遣輕分散。最恨多才情太淺。等閑不念離人怨。)」

これが「蝶恋花」の一曲で、同形式の曲を十段の一区切りごとに各段の内容を歌にして挿入しつつ歌っていく

のである。そして歌と語りを交互に繰り返しながら十段全てを語り治める。

ここでは、伝奇小説が先にあって、それを語り物に作り変える例を見た。

四、才子佳人の物語と詩歌

唐代科挙を受験するために都へ出てくる若者達も、皆脂粉の香り漂う音曲の巷に何度かは足を運んだものらしい。そして時には「李娃伝」の若者のように身を持ち崩す者も出て来る。また、見事合格した暁には、官途についている先輩達が、新入りの後輩のために花柳の巷で祝杯を挙げてくれる。そして詩文で名の出た風流人たちは、元稹や白居易がそうだったように、気の合う同士がいつも連れ立って妓女と戯れる。唐の都には、「教坊」と呼ばれる官営の妓女の養成所ができており、歌舞音曲一通りの教育を施していた。彼女らの中には、詩や詞をよくする者もいて、文人客の相手も充分勤まったらしい。その辺の事情は、「教坊記」に詳しい。唐の都のそのような状況を背景に、前途有為な若者と、美女との恋愛物語が生まれた。いわゆる才子佳人小説の祖形である。元稹の「鶯鶯伝」も、話の筋としては、才子と佳人の恋愛物語として書かれているが、作中での崔鶯鶯の振る舞いの様子から、モデルは妓女であったろうと言われることも多い。ここでは、その種の恋愛物語の代表として、「鶯鶯伝」を訳すことにする。なお、作中の詞や詩の部分については、原文を訳文の下に記す。

貞元の頃、張という若者がいた。性格は穏やかで落ち着きがあり、なかなかの男前だったが、内にしっかりしたものを持っており、筋の通ったことでなければ受け付けなかった。ある時は、友達と遊びに出かけ、一緒に遊び回ったが、他の者は、皆わいわいがやがやここを先途と騒ぎ立てていたが、張はその中にいながら、当たり障りなく受け流し、最後まで彼の物腰を崩すことはできなかった。常にこういう調子だったので、二十三歳にもなるのに、彼はまだ女色を知らなかった。それと知って彼をからかう者もいたが、そういう時には、彼はこう言い訳をした、

「登徒子《とうとし》は色好みだったと言うが、あんな者は、色好みとは言えないよ。あれは振る舞いが野蛮だっただけだ。私は本当の色好みなのだが、たまたま丁度いい相手に恵まれないだけだ。どうしてそう言えるかといえば、今までにこれはという美女に会えば、心に残って忘れられなかったのだよ。これで私がでくの坊でないってことが分かるだろ。」

そう言われて、彼をからかった者も納得した。

程なく、張は蒲州《ほしゅう》へ旅行した。蒲州から東へ十里余り離れた所に普救寺という寺があり、彼はそこに仮住まいした。丁度、崔氏の未亡人が、長安に帰る途中、蒲州に立ち寄り、やはりこの寺に泊まっていた。崔氏の夫人は、鄭氏の家から嫁いだというので、その血筋を辿ってみると、張の遠縁のおばに当たることが分かった。この年、渾瑊《こんかん》将軍が蒲州で亡くなり、彼の部下で宦官の丁文雅が軍と折り合いがよくなかったので、兵士たちが将軍の葬儀を契機に騒ぎ出し、蒲州の街で大いに略奪を働いた。崔氏の家は財産が豊かで、使用人も多かったから、旅先での仮住まいに、ただ慌てふためくばかりで、頼る所もなかった。しかし、張は以前から、蒲州の軍人達と好《よしみ》を通じていたので、部下の役人を派遣して寺を保護してもらい、災難には至らずにすんだ。

十日余り経って、按察使の杜確《とかく》が天子の命を受け、この地方の統帥権を得て、軍の指揮に当たったので、軍の反乱は治まった。

鄭は張の取りなしを深く感謝し、馳走を用意して張を招待し、寺の広間で感謝の宴を催した。

その席上、鄭は張にこう感謝の言葉を述べた、

「私は夫に先立たれ、現在幼子を連れて旅をしています。このたびここで不幸にも軍隊の反乱に遭遇し、全く自身の身も守れぬありさまでした。幼い息子や娘は、本当に貴方様のお蔭で、生かして頂いたのです。これは並一通りのご恩ではございません。今子供達に貴方を慈しみ深いお兄様としてご挨拶させましょう。ご恩に少しでも報いたいのでございます。」

鄭氏は、息子を呼んで挨拶させた。その子は歓郎といって、十歳余り、可愛らしいおとなしそうな子であった。

次に、鄭氏は娘を呼んだ、

「出て来てお前のお兄様にご挨拶なさい。お兄様がお前を救って下さったのだよ。」

しばらくして、娘は、体の具合が悪いからと断ってきた。それを聞くと、鄭氏は怒って言った、

「張兄さんがお前の命を救って下さったのだよ。そうして下さらなければ、お前はあの兵隊たちに捕まっていた。遠慮して却って失礼してはいけません。」

しばらくして、娘はやっと現れた。普段着のままだが、顔色は艶やかで、化粧は施した様子はなく、垂れ下がった髷《まげ》は眉の辺りに下がり、両頬は赤く染まっていた。容貌はいとも艶やかで、人の心を引き付ける輝きがあった。張は、思わず驚いて挨拶した。

娘は入って来ると鄭氏のそばに坐ったが、鄭氏に無理やり引き出されたためか、いかにも恨めしげに視線をそらして、心ここにあらずという感じに見えた。

張は彼女に年齢を聞いてみたが、鄭氏が代わって答えた、

「今の天子様の甲子の年の七月生まれで、今は貞元の庚辰ですから、十七歳になりました。」

張は、少し言葉で誘ってみたが、応えなかった。そのまま宴が果てて退出したが、張はその時以来彼女に心を引かれ、何とかその気持ちを伝えたいと思ったが、手立てがなかった。崔の家には紅娘《こうじょう》という女中がいた。張は密かに四回も彼女に心づけを渡し、折を見て胸中の思いを打ち明けた。女中は流石に驚いて、顔を赤くして逃げていった。張はこの行為を後悔していたが、翌日、女中はまた来た。張はそこで、恥じ入りながら昨日のことを詫び、もう自分の気持ちを言うことはしなかった。すると、女中が張に言った、

「旦那様のお言葉は、お嬢様にもお伝えしてはおりませんし、他の人に言えることでもありません。けれど、崔のご家族のことについては、貴方様が詳しくご存知のはずなのに、どうして正式に求婚なさいませんの。」

張が言った、

「私は子供の頃から、いい加減なことでは折り合わない性分でね。時には奇麗所と一緒にいたこともあったが、こっちから流し目を送るなどということはしたことがない。こうして、今に至るまで人目を憚るようなこともなく来たのだが、あの日あの宴会の場に出て、ほとんどこらえ切れない気持ちになり、ここ数日来、歩いていれば止まることを忘れ、食事を取っても満腹を忘れるありさまで、一日たりとも、過ごすことはできないのではないかと心配になるほどだ。もし仲人を頼んで正式に結婚するということになれば、やれ結納だや

れ何だかだと、三ヶ月以上かかってしまう。そうなれば、私の体を干物の店で探すことになるだろう。お前は私を何だと思っているんだい。」

すると、女中が言った、

「崔様の身持ちは本当に慎み深く、お母様でさえ、筋の通らないことを言って強いることはできません。ですから、私のたくらみなど、当然受け容れられるはずはありません。しかし、あの方は文を作ることがお好きで、しばしば詩句を吟じておられ、しばらく思いに沈んでおられることもあります。旦那様は試しに恋情詩をお作りになってあの方の心を乱してごらんになってはいかがですか。そうでもしなければ、他に方法はございません。」

張は大変に喜んで、すぐさま、春詞二首を作って、彼女に手渡した。

すると、この日の夕刻、紅娘がまたやってきて、預かってきた色付きの詩箋を張に手渡して言った、

「崔様のお言付《ことづ》けです。」

それは「明月三五夜」と題されていて、その詩句にはこうあった、

待月西廂下　　月の出を待つ西の廂の間
迎風戶半開　　風を迎え入れるために扉は半ば開いている
拂牆花影動　　垣根を払って花影が動けば
疑是玉人來　　それは素晴らしい人の来訪でしょうか

張は、何となくこの詩の趣旨が分かったような気がした。この晩は、二月の十四日であった。崔の部屋の東

には、杏の木が一株あって、攀《よ》じ登れば垣根を越えることができた。西の廂の間に行くと、戸が半ば開いていた。紅娘がベッドに寝ていたので、張は揺り起こした。紅娘は驚いて、言った、

「旦那様は何をしにいらっしゃったのですか。」

張はそこで彼女に嘘を言った、

「崔さんの詩箋に私に来るようにとあったのだよ。私が来たことを知らせてくれないか。」

すると程なく、紅娘がまたやってきて、続けざまに言った、

「来られますよ。来られますよ。」

張は喜んだり、驚いたり、してやったりと思っていた。

ところが、やってきた崔の娘を見ると、身支度はきちんとして厳しく、激しく張を叱りつけた、

「お兄様のご恩は、私の一家をお救い下さって、本当に厚いものでありました。そのため、母は幼い息子と娘を貴方に託されたのです。どういうわけで、気の利かない女中に淫らな詞を持ってこさせるようなことをするのですか。始めは人を乱から救って義の働きを見せ、後には無体に道を乱して私を求めようとする。これでは、乱を以って乱に替えるということで、あの兵士達と同じではありませんか。私の気持ちとしては、あの詞はあのまま触れずに置けば、人の邪な行ないを守ることになって、道理に外れ、母に告げようとすれば、人の恩恵を裏切ることになって、これも良からず、女中や使用人に事を托せば、こちらの真意の伝わらないことが気がかりで、そこで短い文章を書いて自分の考えを述べようと思ったのですが、それもお兄さんの非難なさるのが気がかりで、結局あああいう卑俗な詩に託して、必ずお出でになることを求めたのです。このよ

うな礼をわきまえぬ行ないをなさって、心に恥じる所はございませんか。どうかお願いですから、礼節をお守りあって、乱に及ばれませんように。」

崔氏はそう言い終わると、パッと身を翻して去っていった。張は、しばらくの間、呆然としていたが、また垣根を越えて外に出、こうして望みは絶たれたのだった。

それから数日後の晩、張が軒端に近く一人で寝ていると、不意に誰かに起こされた。驚いて起き上がると、それは紅娘が布団と枕を抱えて来たのであった。紅娘は張の体を揺すりながら言った、

「いらっしゃいますよ。いらっしゃいますよ。眠っていてどうするんですか。」

彼女はそう言うと、枕を並べ、布団を重ねて去っていった。

張は目をこすりながら、しばらく正座したまま、まだ夢ではないかと、信じられない気持ちでいたが、しかしそれでも身支度を整えて、彼女の来るのを待っていた。すると、程なく、紅娘が崔氏を支えてやってきた。部屋に着くと、媚と恥じらいが溶け合ってしどけなく、己が身体を支える力も失せている様子であった。先頃の居ずまいを正した厳しさとは打って変わった様子であった。

この夜は十八日、傾きかけた月の光が青白く、静かにベッドの半ばを照らしていた。

張は、気もそぞろに宙に舞い、仙女が舞い降りたかと疑われ、とても人間界から来た者とは思われなかった。しばらくすると、寺の鐘が鳴り、夜が明けかかった。紅娘が帰りを促したが、崔氏は別れ惜しさに身もだえしつつ忍び泣き、紅娘はまた崔氏を支えて去っていった。一晩中言葉を交わすこともなく去っていったのである。張は、夜明けの薄明かりの中に起き出し、自分に問いかけた、

「あれは夢だったのだろうか。」

夜が明けて見ると、白粉が腕に付き、着物に残り香が付いており、涙の滴がきらきらとまだ褥の上に光っていた。それから十日余り、杳として音沙汰がなかった。張は、「会真詩」三十韻を作ってまだ作り終わらない所に、たまたま紅娘が来たので、彼女にそれを託して、崔氏に贈った。すると、それからまた共に夜を過ごすようになり、朝には隠れて出、日暮れには隠れて入るという逢瀬が続き、西の廂の間を逢引きの場所と定めて、一月近く、そういう日々が続いた。張はある時鄭氏の気持ちを問い質してみると、彼女は、

「私にはどうにもなりません」

と言うので、彼は正式に結婚しようと思っていた。

しかし、間もなく、張は、受験のために長安に行くことになった。そこで予め自分の本当の気持ちを彼女に諭したが、崔氏はあたかも難色を示す様子もなかった。しかし、胸の内で怨み悲しんでいる様子が表情に現れ、張は心を動かされた。

出発が迫った前の二晩は、続けて会うことができず、張はそのまま西へ旅立って行った。

数ヶ月後、張はまた蒲州へ旅をしてきて、また崔氏と会うことが数ヶ月続いた。彼女は字が上手で、文章もよく作ったが、張が何度頼んでも、見せてもらえなかった。また、張はしばしば自分で文章を書いて誘ってみたが、あまりよくは読んでもらえなかった。おおよそ崔氏の人より優れている所は、芸は必ず奥義を極めているのに、何も知らぬような顔をしているし、言葉は俊敏で弁が立つのに、応対は寡黙であることだった。そして、張に対する愛情は極めて厚いのに、それを言葉に表すことはなかった。時には、胸の奥深く愁いや

媚を懐《いだ》くらしいのだが、いつもそ知らぬ顔をしており、喜びや怒りの感情もめったに顔には現さない。

ある時、彼女が一人で夜琴を弾いていたが、心の愁いを掻き立てるようなその音色は、聴く者の胸に迫る響きがあった。張は密かにそれを聴いていて、後で、自分のために弾いてもらおうとしたが、彼女はどうしても応じてくれなかった。そのためにますます彼女に惹かれたのだった。

そのうち、張はまた試験の期日が迫って西に行かなければならなくなった。出発の前の晩になっても、自分からその事情をなかなか言い出せなくて、崔氏の傍でただ嘆くばかりであった。崔はすでに密かに別れの時が来た事を知り、慎ましやかに声を和らげ、おもむろに張に言った、

「始めに無理に恋心を掻き立てたのですから、最後に見捨てられるというのは、言わば当然のことでしょう。私は怨んだり致しません。そうでしょう。貴方が私を誘って、貴方がこれでおしまいになさるのだから、これは貴方のお恵みですよ。つまり、死ぬまでの誓いも、終わりがあるということです。何でこのご出発に心を痛める必要がありましょう。それでも貴方が安心できないということであれば、もうお慰めする手立てはありませんね。貴方はいつか私の琴が上手だと仰いましたね。あの時は恥かしくて弾いてあげられませんでしたが、今お発ちになるということであれば、心を込めて弾かせて頂きましょう。」

そして琴の用意をさせ、「霓裳《げいしょう》羽衣《うい》」の序曲を弾いたが、幾らも弾かないうちに、哀調に怨み心が乱されて、何を弾いているのか分からなくなってしまった。そばにいた者も皆すすり泣いていた。崔氏も手を止め、琴を投げ出して、泣き崩れ、母の所へ走って行き、そのまま現れなかった。翌朝、張は出発した。

翌年、試験は不合格だったので、張は都に止まった。そこで、手紙を崔に送り、その気持ちを慰めた。崔氏

からの返書は、そのあらましをここに記すことにする、

「お手紙拝見致しました。身に過ぎた愛情をお注ぎ下さり、ありがとうございます。私の気持ちは、喜びと悲しみが入り乱れています。お手紙に添えて、髪飾り一つ、口紅五寸をいただきました。頭に飾り、唇に塗りもいたしましょうが、折角いただきながら、誰に見せるために飾りましょうか。お品を見るにつけ思いがつのり、ただ悲しみが増すばかりです。都で勉強なさるとうかがいました。御学業にとっては、勿論便利な所でございましょう。ただ田舎に置かれているこの身が、このまま永久に捨て置かれてしまうのではないかと、恨めしくなってきます。これもまた運命、もう言いますまい。

昨年の秋以来、いつもただぼんやりと、気の抜けたような感じで過ごして参りました。人が賑やかにしている所にいれば、無理に談笑も致しますが、夜自分一人になると、涙が出ないことはありませんでした。ことに夢の中では、離れていることの寂しさにむせび泣くことが多く、時に二人で寄り添いいつものように楽しくしていても、もう少しという所で目が覚めてしまうのです。布団には貴方の温かみが残っているような気がするのに、貴方は遠くに行ってしまわれているのです。

つい昨日お別れしたような気持ちでいるうちに、いつの間にか年を越してしまいました。長安は行楽の地で、いろいろ心惹かれることも多いでしょうに、このような私を心にかけていて下さるとは真に幸せなことですが、この至らぬ身には、お応えする術もございません。ただひたすら一生添い遂げようとのお約束を守っているのみでございます。

顧みればその昔、貴方とは従妹という関係で、宴席でお目にかかることになり、それが縁で、女中の手引き

でこの身を捧げたのでした。娘心は堅固に自粛することがならず、あの司馬相如のように殿御から琴の誘いがあれば、謝鯤の隣の娘がしたように梭《ひ》を投げて拒むこともならず、寝所を共にするに及んでは、貴方の思いの深いことが身に沁みて、私の気持ちは、貴方に一生捧げようと思ったのでした。それなのに、予想と異なり、立派な殿御に会いながら、結婚式も挙げられず、自分から操を差し出す恥を見ながら、妻と名乗ることもならず、身を没するまで続くこの怨み、ただ嘆くばかりで申し上げる言葉もございません。

もし貴方が慈しみ深く、私のこの胸の内をお察し下されば、たといこの身は死んだとしても、心はなお貴方のおそばに生き続けることでしょう。しかし、もし栄達の士に卑俗な情愛は禁物とばかり、小を棄てて大に付き、先の交わりを淫らなこととして、一旦結んだ約束を破ってもよいとお考えでしたら、私のこの肉体は滅びようとも、真心は死なず、風に乗じ、露に委ね、塵に托してもおそばを離れる事はないでしょう。命を懸けたこの恋心、これ以上申す言葉はありません。手紙を前にして嗚咽するばかり、この気持ち、申し上げることはできません。どうぞお体をお大切に。どうぞお気を付けて。

玉の腕輪一個、これは子供の頃遊んでいたものです。貴方がお腰に付けると良いと思います。玉はその硬くて潤いのある所に思いを託しました。環は、終始途切れることのないものです。それに絹糸一房と斑竹の茶臼を一個お送りします。これらの品は珍しいものではありませんが、意のある所は、貴方が玉のような真心を保って下さることと、私の環のように解けない心情です。それに涙の跡が竹にあり、千々に乱れ尾を引く愁いが絹糸にはあります。物に託して気持ちをお伝えするのです。いつまでも大切にして下さい。心は近くにありながら、身は離れています。今度はいつお会いできるでしょう。やる瀬ない思いが募れば、千里離れていても精神は通じるとか。どうぞお元気で。春風は病を運ぶそうです。どうぞご飯をたくさん召し上がって、言葉遣いなどにも注意され、私の事などあまりご心配なさりませんように。」

張は、その手紙を知人に見せた。それによって、このことは、時の人々の多く知る所となった。張と親交のあった楊巨源は、詞を作るのが好きな人だったが、彼のために「崔娘詩」という七言絶句を一首作ってくれた、

清純な潘郎のような張君には、玉も及ばない。　清潤潘郎玉不如
中庭の蕙草に雪が消えたばかりの春、　中庭蕙草雪銷初
風流な才子には春情が豊かだが、　風流才子多春思
蕭娘から来た手紙には腸が断ち切られる思いがするだろう　腸斷蕭娘一紙書

河南の元稹も、張の作った「会真詩」三十韻に続けて詩を作ってくれた、

かすかな月の光が簾を通して薄明るく　微月透簾櫳
蛍の光が澄み渡った天空を渡って行く　螢光度碧空
彼方まで澄み渡った空にも夕暮れが迫り　遙天初縹緲
背の低い木立も段々朧に黒ずんで行く　低樹漸蔥朧
龍の嘯きが庭の竹を鳴らし　龍吹過庭竹
鸞の歌声が井戸端の桐の辺りに聞こえている　鸞歌拂井桐
薄絹が淡い霧のように垂れ　羅綃垂薄霧
佩玉は微風に軽やかに響く　環珮響輕奉

赤い旗を立てて西王母は天下り
雲に乗った玉童が後に従う
夜更けに人は寝静まり
朝の逢瀬は雨のけむる中
玉飾りが縫い取りのある履に光り
艶やかな花模様が龍の縫い取りを隠す
鳳の飾りの簪を揺らめかせながら歩き
薄絹の帷子が赤い虹を覆っている
貴女は仙女の館から
仙人の宮殿へといらっしゃった
私は洛陽城の北に旅行し
たまたま立ち寄った蒲州の街で貴女の隣に住みました
私の誘いを一たびは軽く拒まれはしたものの
慕う心はもうすでに通じておりました
垂れた髷に蟬の羽の髪が揺れ
歩みに連れて玉の塵が舞う
振り向いた頬には赤い花が散り

絳節隨金母
雲心捧玉童
更深人悄悄
晨會雨濛濛
珠瑩光文履
花明隱繡龍
瑤釵行綵鳳
羅帔掩丹虹
言自瑤華浦
將朝碧玉宮
因遊洛城北
偶向宋家東
戲調初微拒
柔情已暗通
低鬟蟬影動
回步玉塵蒙
轉面流花雪

牀《しょう》に登れば薄絹を掻き懐く
鴛鴦は頸を交えて舞い
翡翠は睦み合いつつ巣に籠る
眉根は恥じらいを含んで寄せられ
朱の唇は温かい口付けに融けている
吐息は清らかな蘭の香り
肌は潤い玉の如く豊かに
力なく腕を上げることさえ物憂い
恥かしげに体を覆う仕草の愛おしさ
汗は流れて点々と
髪は乱れてさらさらと
ようやく会えた千年に一度の喜び
にわかに聞こえる夜明けの鐘
心引かれて時の流れが恨めしい
纏綿と絶えぬ情けの絶ち難さ
美しい顔が別れの辛さに曇り
美しい言葉で胸中の思いを誓う

登牀抱綺叢
鴛鴦交頸舞
翡翠合歡籠
眉黛羞偏聚
脣朱暖更融
氣清蘭蕊馥
膚潤玉肌豐
無力慵移腕
多嬌愛斂躬
汗流珠點點
髮亂綠葱葱
方喜千年會
俄聞五夜窮
留戀時有恨
繾綣意難終
慢臉含愁態
芳詞誓素衷

環を送って廻り合わせを表し
糸を結んで心のつながりを表す
一人夜の寂しさに流す涙が鏡に流れ
僅かに残る灯火に虫の音が遠く聞こえる
灯火の光りがまだ輝いているのに
朝日が段々射しはじめる
貴女は鳥に乗ってまた洛水に帰って行き
私は簫を吹きながら嵩山へ登る
着物にはまだ麝香の残り香が沁みており
枕にはまだ紅が滲んでいる
こんもりと茂る堤の草を見れば、
飄々と当てもなく彷徨い飛び散る渚の転蓬の様を思う
琴の音は別れを怨む鶴を鳴かせ
天の川を見上げては帰っていく雁の姿が恨めしい
海は広々と広がって渡り難く
天はどこまでも高く届き難い
空を行く雲も拠り所がなく

贈環明運合
留結表心同
啼粉流宵鏡
殘燈遠暗蟲
華光猶苒苒
旭日漸曈曈
乘鸞還歸洛
吹簫亦上嵩
衣香猶染麝
枕膩尚殘紅
冪冪臨塘草
飄飄思渚蓬
素琴鳴怨鶴
清漢望歸鴻
海闊誠難渡
天高不易沖
行雲無處所

簫史は一人楼の中に取り残されている　　　　　簫史在楼中

張の友人でこの話を聞いた者は皆大変に感動した。しかし、張の気持ちは彼女からすっかり離れたようだった。元稹は特に張と仲が良かったので、彼にそのわけを尋ねた。すると、張が言った、

「およそこの世に美人として生まれついた者は、自分を損なわない場合は、必ず人を駄目にする。もしあの崔の娘を金持ちで身分の高い者に廻り合わせれば、その寵愛に乗じて、雲となり、雨とならなければ、龍となるか、蛟《みずち》となって、どんな事をするか見当もつかない。その昔、殷の紂王や周の幽王は、百万の軍隊を持つ大国の王で、その勢いは盛んなものだったが、しかし、たった一人の女がそれを打ち破った。彼らは国を失い、その身を滅ぼして、天下の笑い者になった。私の人格は、あの妖魔に打ち勝てるほど強くない。そういうわけで諦めたのだ。」

この時、その場に居合わせた者は、それを聞いて皆深く感動したのであった。

その後一年余り経つと、崔氏はもう他の人の世話になっており、張も妻を娶った。張は、たまたま用事があって、崔氏の住まいの近くに行ったので、その夫に会い、従兄という名目で会おうとした。夫はそれを伝えてくれたが、崔氏はどうしても会ってくれなかった。張が恨みを顔に表していると、崔氏はそれを察知して、一首の詩を張に贈ってくれた、

お別れしてから痩せ衰え、すっかり容色も失せました。　　　　　自従消瘦減容光

ごろごろ寝返りを打つばかりで、起き出すのも大義なのです。　　　　　萬轉千迴懶下牀

他の人に気兼ねして起きないのではありません。　　　　　不爲旁人羞不起

貴方のために痩せ衰え、それをお見せしたくないのです。　爲郎憔悴卻羞郎

そして、彼女はついに現れなかった。

その数日後、張が旅立とうとしていると、また詩を一首贈ってくれた。それは謝絶の詩であった、

棄て置かれて、今更何を申しましょう。　棄置今何道

あの時はこちらから仕掛けた事ですから。　當時且自親

貴方はやはりあの時のお気持ちで　還將舊時意

今目の前にいる人を愛してあげて下さい。　憐取眼前人

これから後音信は完全に途絶えた。時の人々は張が犯した過ちをつぐなったと称えた。私が、いつも友達が集まっている所で、しばしばこの話を出すのは、道理の分かっている人には、こういう事をさせないように、もうしてしまっている人には、深みにはまらないように、という気持ちからなのだ。

貞元の年九月、執事の李公垂が私の靖安里の屋敷に泊まった際、話がこのことになった。すると李公垂は坐り直して、素晴らしいと言って称え、「鶯鶯歌」を作って、このことを伝えることにした。崔氏は幼名を鶯鶯と言ったので、李公垂はそれを作品名にしたのだった。

唐代伝奇特有の男女の恋愛物語の代表として「鶯鶯伝」を選び訳出した。先に記した本節の題名には、「才子佳人の物語と詩歌」と記したが、正確に言えば、唐代伝奇の男女の恋愛物語は、まだ本格的な才子佳人小説とは言えないものである。そのため、本節の始めにも、才子佳人小説とは書かずに、才子佳人小説の祖形と記した。才

子佳人の恋愛物語は、六朝志怪にはなかった題材で、唐代伝奇から始まるものである。しかし、人目を忍ぶ恋の物語にふさわしくありのままの恋愛状況を作品化するには時間がかかる。中国の場合は、そのためには宋代以降の市民文化の向上がどうしても必要であった。

しかし、それは、上代の狭義の語り物から始めて、六朝時代の「列異伝」から始まる広義の語り物を見、「列異伝」との比較の必要から、下限に「太平広記」を見る事に定めた本書の企画の範囲を超えることになるので、本格的な才子佳人小説は、機会を改めて論じなければならない。

五、唐代伝奇と「太平広記」

「太平広記」本体の検討に入る前に、予め「太平広記」の唐代伝奇に対する見方について注意しておかなければならないことがある。

北宋の初期、「太平広記」が編まれた時点では、時の知識人がまだ創作というものにそれほど深い関心がなかったようなのである。「太平広記」の編纂に携わった人々も、六朝以来の伝承説話に関しては、しかるべき処理の仕方を心得ていて、志怪の主題や要素を踏襲しながら創作された唐代伝奇に関しては、類書としての編纂目的に沿って、事項別に分類しやすいため問題ないが、主題が志怪の世界を逸脱し文章にも数奇を凝らして唐代伝奇独自の世界で作られた創作については、どうやらその扱い方に困ったらしいのである。

旧来の志怪の主題や要素を踏襲しながら創作された作品としては、初唐期の小説として王度の「古鏡記」、無名氏の「補江総白猿伝」、中唐以降のものとして陳元祐の「離魂記」、沈既済の「枕中記」「任氏伝」等が挙げられるが、これらは「太平広記」中では、それぞれ「器玩」「畜獣」「異人」「狐」に分類されている。しかし、志怪の世界を離れ、唐代伝奇独得の、現実の人間社会における喜怒哀楽の織り成す人間模様を作品化したものについては、既成の分類法では、処理の方法が見つからなかった。

その結果、唐代伝奇中、創作性の強い名の知られた傑作はほとんど巻末の「雑伝記」に入れられており、そこに選ばれた作品に関しては作品の内容には手をつけず、全文そのまま「雑伝記」の巻に収めることと決めたらしいのである。今ここに、「太平広記」の「雑伝記」全九巻の目次を掲げてその事実を明らかにする。

第四八四巻 雑伝記一　李娃伝
第四八五巻 雑伝記二　東城老父伝　柳氏伝
第四八六巻 雑伝記三　長恨伝　無双伝
第四八七巻 雑伝記四　霍小玉伝
第四八八巻 雑伝記五　鶯鶯伝
第四八九巻 雑伝記六　周秦行記　冥音録
第四九〇巻 雑伝記七　東陽夜怪録
第四九一巻 雑伝記八　謝小娥伝　楊娼伝　非煙伝
第四九二巻 雑伝記九　霊応伝

ここに抜き出した「雑伝記」九巻は、「太平広記」の「雑伝記」類の全てであって、ここに集められた一四種の小説は全部魯迅の「唐宋伝奇集」に収められている有名なものばかりである。つまり、この「雑伝記」の巻は唐代伝奇を収めるために作られた巻なのである。この分類の仕方によって、話ばかりを集めた類書である「太平広記」の作品の扱い方が知られるであろう。つまり、編集者の意識にあったのは、集められた話に盛り込まれた事項なのであって、文章ではなかったということである。そのため、漢、六朝から伝承されて来た各種事項の区分にうまく当てはまる文章は問題ないが、斬新な問題意識を競う所に生まれてくる文章については、区分けの方法を持たないのである。そこが、話ばかりを集めた類書「太平広記」の限界であった。

なお、「太平広記」雑伝記類の収めている唐代小説については、初唐期の小説が一篇も取られていないが、それは先に述べたように、旧来の分類法で処理されているのである。いずれにしても、「太平広記」の創作類に関する欠陥は、時代のしからしめる所であり、創作小説が盛んに作られるようになり、街の寄席で歴史物語を語る「講史」と並んで「小説」の語りが盛んになり、科挙の落第生などによる座付き作者の出現を見るようになるまでには、まだ新しい時代の市民文化の勃興を待たなければならなかった。

六、話ばかりを集めた類書「太平広記」

話ばかりを集めた類書の始めは「列異伝」であり、それは志怪ばかりを集めて編集したものであった。なぜなら、そもそも志怪の文体を編み出したのが「列異伝」であり、求める社会の下層にいる人々が伝承する話を集める作業自体、「列異伝」以前には例がなく、「太平広記」のように他の資料を引用しようにも、その引用の対象になる資料がなかったのである。

一方、「太平広記」の集めた作品の種類は実に多く、志怪のみをその内容とする「列異伝」とは比較にならないものである。ただ一点両者の間に共通点を見出すとすれば、「漢書芸文志」以来一貫して変わらない世のいわゆる「小説」に対する扱い方であった。国家の中央に集まる高級官僚から見て、下位に属する下級官僚及び庶民の文化は吸い上げはするが「遠きを致して泥する事を恐れる」ために、そこにも「道」があるという事を認めても、自分たちの重んじる文化のあり方とは一線を画するものとして扱うことになっていた。それが宋代においては、「文苑英華」と「太平広記」の違いであり、魏朝においては、文帝により学問の規範として示された「典論」や、「典論論文」に名を連ねられる文人の文章と「列異伝」の違いであった。

比較すべき例がないという理由から、取りあえず勅撰類書としての「列異伝」の比較対象として「太平広記」を取り上げているわけだが、六朝初期に「列異伝」が出て以降、仮に六朝末期までを視野に入れて数えても、「隋書経籍志」の記している志怪集だけでも約三〇種、それにその他の雑伝類を加えて、同経籍志雑伝類の記している数は二一七種全一二八六巻にも及ぶ。それに唐五代を通じて新しく追加された資料を加えて、「太平広記」の取材対象になった書物の種類は更に増え、他に「国語」や「史記」など古来知られた歴史記録や漢代以前の雑伝類を加えるから、同書冒頭の引用書目を数えても全三四四種に及んでいる。こうして編纂された「太平広記」に対して、一方の勅撰類書としての「列異伝」は、前例もなく、当然引用すべき資料もない所に初めて編纂された「話ばかりを集めた類書」であった。

従って、形式の上では、「太平広記」が「列異伝」の「話ばかりを集めた類書」の形式を襲った形になるのだが、それぞれの編集目的には始めからまるで違う要因があったはずである。「列異伝」の編集目的には、序文から再三述べているように、それまで日の目を見ることのなかった下層の文化を吸い上げて広く紹介し、枯渇してしまった文化を刷新することがあった。

それでは「太平広記」の編集目的はいかなるものであったか。この問題に関して初めに考えなければならないのは、この両者の置かれた社会状態の違いである。

「太平広記」の編まれたのは、六朝の戦乱期を統一した隋唐の統一王朝の時代を経、更に五代の戦乱状態を統一してできた北宋の始めなのである。この間に社会状態に大きな変化をもたらした最も重要な出来事は、隋唐時代に始まる科挙の実施と存続であった。六朝以来の貴族の特権を残しながらも、選抜試験の実施によって広く民間から有能な人材を集めようとするこの制度の下で、民間にも書を読み筆を取る者の数が増大した。こうして勢力を持ち始めた下層階級出身の官僚が地方官となって地方に根を下ろし、逆に中央を牽制するような社会体制が形成されてくると、やがてその下克上の嵐の中に唐王朝が崩壊し、再び戦乱期が訪れる。

「太平広記」が編まれたのは、その五代の戦乱を統一して建国した北宋の初めだったのである。折から民間では、商業交易が盛んになると共に、金銭流通が盛んになり、庶民の文化水準も次第に向上してきた。こういう新しい統一王朝の初めに当たっては、為政者の心配は、知識分子の懐柔にあったと思われる。そして企画されたのが「太平御覧」「太平広記」「文苑英華」「冊府元亀」の四大編纂事業であった。

従って、その一環として企画された「話ばかりを集めた類書」である「太平広記」の編纂方針が、できる限り多くの話を集めることにあったのは当然であった。そのため、「列異伝」の場合と違い、「太平広記」の概容を見るにしても、収めている具体的な話を抜き出してその特徴を説明することは不可能である。そこで、ここでは、その目次に従って、話の分類の仕方を見たいと思う。

五〇〇巻という膨大な量なので、話の数を数え上げることは、始めから三分の一程度の所までで打ち切り、第一六四巻以降、分類項目が、登場人物の性格や徳行を掲げるようになって以降は、分類項目の数が増えてくるため、分類項目のみを記し、話の数は無視することにする。

北宋太宗の太平興国三年（九七八）、当時の戸部尚書であった李昉《りぼう》を筆頭に、一一人の学者が中心となって、勅命を奉じ「太平広記」五〇〇巻の編纂が行なわれた。ここにその目次によって、概要を示す。


第一巻から第五五巻までは「神仙」の巻。「老子」に始まる、合せて二五九人の神仙の話を集めている。

第五六巻から第七〇巻までは「女仙」の巻。「西王母」から始まる、合せて八六人の女仙の話を集めている。

第七一巻から第七五巻までは「道術」の巻。「趙高」から始まる、合せて三八人の道士の話を集めている。

第七六巻から第八〇巻までは「方士」の巻。「子韋」から始まる、合せて六一人の方士の話を集めている。

第八一巻から第八六巻までは「異人」の巻。「韓稚」から始まる、合せて六五人の特異な人格を持つ人物の話を集めている。

第八七巻から第九八巻までは「異僧」の巻。「釈摩騰」から始まる、合せて七一人の高僧の話を集めている。

第九九巻から第一〇一巻までは「釈証」の巻。「僧恵祥」から始まる、合せて三六人の人物にまつわる霊験談を集めている。

第一〇二巻から第一三四巻までは「報応」の巻。「盧景裕」から始まる、合せて五一七人の人物が遭遇した因果応報談を関係する経典の種類や事件の性質等によって分類編集している。

第一三五巻から第一四五巻までは「徴応」の巻。「堯帝」から始まる、合せて二一八人の人物が遭遇した事件について、その予兆の結果や結末の予知に関する話を集めている。

第一四六巻から第一六〇巻までは「定数」の巻。「宝誌」から始まる、合せて一五一人の人物が出会った運命の話を集めている。

第一六一巻及び第一六二巻は「感応」の巻。「張寛」から始まる、合せて五四人の人物について神を感応させた話を集めている。

第一六三巻は「讖応」の巻。「歴陽媼」から始まる、合せて三九人の人物の経験した予言の的中する話を集めている。

以下の巻については分類項目のみを記し、話の数は省略する。

第一六四巻以降は、分類が人の性格、特能、徳行、度量等のことに及び、第一六四巻は「名賢」「諷諌」、第一六五巻は「廉倹」「吝嗇」、第一六六から第一六八巻までは「気義」(義を重んずる性格)、第一六九、第一七〇巻は「知人」(人の価値を認識できる能力)、第一七一、一七二巻は「精察」(物事の真相を見抜く能力)、第一七三巻は「俊弁」(弁舌爽やかな事)、第一七四巻は「俊弁」「幼敏」、第一七五巻は「幼敏」、第一七六、一七七巻は「器量」と区分けして、個人の性格、特能、徳行などに関する項目を一区切りする。

続いて、第一七八巻以降は官制に関わる事柄に移り、第一七八巻から第一八四巻までは「貢挙」(地方から中央への推薦の事。ただし、第一八四巻の後半には特別待遇を受ける氏族の事が付記されている)、第一八五、一八六巻は「銓選」（選抜の事）、第一八七巻は「職官」、第一八八巻は「権倖」（権勢があって主君の寵愛を得ている者。倖臣）、第一八九、第一九〇巻は「将帥」（ただし、第一九〇巻の末尾に「雑譎智《ざつきつち》」として、嘘つきの話を置き、曹操の少年時代の話を記している）。

第一九一巻以降は、話の主題が個性と才能の事に移行する。第一九一、一九二巻は「驍勇」、第一九三巻から第一九六巻までは「豪侠」で、勇猛な武将と侠気のある豪傑の話を集めている。第一九七巻は一転して、「博物（物知り）」の話である。第一九八巻から第二〇〇巻までは「文章」。文才のある者の話が集っている。第二〇〇巻の後半は、「武臣有文」と称して、武将で文才のある者の話を集めている。第二〇一、二〇二巻には、特に高名であった者、目立つ趣味趣向を持った者、謹厳な儒者として特に目立った者、才子才媛を愛で優遇しあるいは親交を重ねた者、特に高潔高邁な生き方で知られた者などの伝説を集め、「才名」「好尚」「儒行」「憐才」「高逸」と名付け分類している。

第二〇三巻以降には、音楽、書画等の芸術を、それぞれ「楽」（第二〇三巻から第二〇五巻まで）、「書」（第二〇六巻から第二〇九巻まで）、「画」（第二一〇巻から第二一四巻まで）に分類し収めている。第二一五巻の「算術」以降は、人の特技とその職業化したものを、第二二四巻までの一〇巻に「算術」「卜筮」「医」「相」の四類に分けて収めている。また、技芸に優れた者については、これを「技巧」と名付け、第二二五巻から第二二七巻までの三巻に収めている。また、人の趣味、嗜好については、これを「器玩」（第二二九巻から第二三二巻まで）、「酒」（第二三三巻）、「食」（第二三四巻）に分類し収めている。また、交際を通して現れる人の生活振りや癖などの偏向については、第二三五巻から第二六九巻までの三五巻に、「交友」「奢侈《しゃし》」「詭詐《きさ》」「諂佞《てんねい》」「謬誤《びゅうご》」「治生《ちせい》（含『貪《たん》』）」「褊急《へんきゅう》」「詼諧《かいかい》」「嘲誚《ちょうしょう》」「嗤鄙《しひ》」「無頼《ぶらい》」「軽薄《けいはく》」「酷暴《こくぼう》」等の一三類に分けて収めている。

また、ここに至って初めて「婦人」の分類項目が現れ、第二七〇巻から第二七三巻までの四巻に、婦人の登場する話を一般の婦人の外に、賢婦、才婦、美婦人、妬婦《とふ》、妓女の五項目を立てて分類している。また、婦人が登場する話の特に情感に迫る感じのあるものについては、第二七四巻を「情感」の巻として分類している。続く第二七五巻は「童僕奴婢」の巻である。

第二七六巻からは、現実の世界からファンタスティックな世界に移行する。第二七六巻から第二八二巻までの七巻は「夢」の巻である。第二八三巻は「巫厭《ふあつ》（壓）」の巻で、巫の圧服の呪術の話がある。第二八四巻から第二八七巻までの四巻は「幻術」の巻である。続く第二八八巻から第二九〇巻までの三巻は「妖妄」の巻で、詐欺師を含め怪しげな得体の知れないものが登場する。

第二九一巻から第三一五巻までの二五巻は、「神」の巻で、ここからいわゆる「鬼神」の世界に入る。第三一六巻から第三五五巻までの四〇巻は「鬼」の巻で、死者の亡霊が登場する話である。第三五六、三五七巻は「夜叉」の巻。第三五八巻は「神魂」の巻として、生きた人間の体から魂が抜け出て起こす不思議な事件の話を集めている。第三五九巻から第三六七巻までの九巻は「妖怪」の巻である。妖怪の中でも、物に憑依する妖怪は「精怪」として別に分類される。第三六八巻から第三七三巻までの六巻は「精怪」の巻である。第三七四巻は、妖怪とも精怪ともつかない霊のなす不思議な話。

第三七五巻から第三八六巻までの一二巻は「再生」の巻で、いわゆる蘇生伝説が集められており、ここから冥界を垣間見ることになる。第三八七、第三八八巻は「悟前生《ごぜんせい》」で、前世での経験を記憶したまま生まれてくるという話がある。第三八九、三九〇巻は「塚墓」の巻で、「鬼」や「再生」の巻とも関連することが多い。第

三九一、三九二巻は「銘記」。古い銘文に記されたことが現実に起こるという筋の話である。

第三九三巻から自然現象の話が現れる。第三九三巻から第三九五巻までの三巻は「雷」の巻。話の中で雷が姿を現すことが多いが、時には雹《ひょう》と混同して伝えられた話もある。第三九六巻は「雨」「風」「虹」の話を集めている。「雨」について雨乞いの話が多いのは当然だが、「雨」「風」が天然現象として表されるのが普通であるのに対して、「虹」は常に怪獣の姿で現れる。

自然環境は山によって代表される。第三九七巻は「山」末尾に「渓」を置き、江南の渓谷に漂う毒気のことを記している。第三九八巻は「石」の巻、末尾に「坡」「沙」の話を置き、移動する不思議な堤や、鳴る砂の話を記している。第三九九巻は「水」の巻、後半は「井」で、井戸の話を記している。

第四〇〇巻から第四〇五巻までの六巻は「宝」の巻、六巻の中に「金」「水銀」「玉」「銭」「奇物」等の項目を立てている。

第四〇六巻から第四一七巻までの一二巻は「草木」の巻で、植物の話が集っている。項目名を列挙すれば、「木」「文理木」「異木」「藟蔓《るいまん》」「草」「草花」「木花」「果上」「果下」「菜」「五穀」「茶荈《ちゃせん》」「芝」「苔」「香薬」「服餌」「木怪上」「木怪下」「花卉怪上」「花卉怪下」「薬怪」「菌怪」等の項目が立てられている。

第四一八巻から第四二五巻までの八巻は「龍」の巻で、末尾に「蛟《みずち》」の項が立てられている。第四二六巻から第四三三巻までの八巻は「虎」の巻である。第四三四巻から第四四六巻までの一三巻は「畜獣」の巻。「牛」「牛拝」「牛償債」「牛傷人」「牛異」「馬上」「馬下」「駱駝」「騾《らば》」「驢《ろば》」「犬上」「犬下」「羊」「豕《し》」「猫」「鼠」「鼠狼」「獅子」「犀」「象」「雑獣」「狼」「熊」「狸」「蝟《はりねずみ》」「麈《おおじか》」「麞《のろ》」「鹿」「兎」「猿上」「猿中」

「猿下」「獮猴《びこう》」「猩猩《しょうじょう》」「猓然《かぜん》」「狨《じゅう》」の三六項目が立てられている。第四四七巻から第四五五巻までの九巻は「狐」の巻で、変化の話の多い狐は特別扱いされている。第四五六巻から第四五九までの四巻は「蛇」の巻。第四六〇巻から第四六三巻までの四巻は「禽鳥」の巻、鳥の話は皆ここに集っている。一二の項目が立てられているが、全てを尽くしているわけではない。鳳凰や鸞《らん》などは項目外に置かれている。その一二項目は次の通り、「孔雀」「燕」「鷓鴣《しゃこ》」「鵲《かささぎ》」「鶏」「鵝《がちょう》」「鷺《さぎ》」「雁」「鸜鵒《クコク》」「雀」「烏」「梟《ふくろう》」。

第四六四巻からは「水族」の巻が始まる。水に棲む動物の話が集められているが、妖怪になった水族の話や、水族が人間に化ける話などがあり、また末尾には、人間が水族になる話も置かれている。第四六四巻から第四七二巻まで、全て九巻にまとめられている。

動物の最後は「昆虫」で、第四七三巻から第四七九巻までの七巻にまとめられている。

「昆虫」の巻を過ぎ、「太平広記」の大詰め近くに異民族の話が置かれ、第四八〇巻から第四八三巻までの四巻に分けて記されている。この「蛮夷」の巻の後には、第四八四巻から第四九二巻までの九巻に「雑伝記」が置かれ、最後の第四九三巻から末尾の第五〇〇巻までの八巻を「雑録」で締めくくる。最後の雑伝記雑録の類は、どこにも分類できずに最後に吹き溜まったものをまとめた観があり、それに違いないのだが、前節に記したように、「李娃伝」「長恨伝」「鶯鶯伝」等、唐代伝奇の名作として知られた作品類がいずれもこの「雑伝記」に入っていることは、重要な問題である。本書の締めくくりに、改めてこの問題について一考する。

七、「列異伝」と「太平広記」

「列異伝」の作られた魏朝は、社会の機軸が崩壊し、実力次第で新しい権力者が自由に天下の覇権を握り得る可能性の見えた、後漢末三国時代の乱世に台頭し、新しい国家体制を作り得る条件を持って建てられた国であった。その乱世の騒乱の中にあって、魏の基礎を築いた曹操が、彼の勢力圏に「不仁不孝」は問わないから役に立つ才能のある人材を推挙せよと言って触れを回した事については、先に第二章第二節に述べた通りである。こうして広く人材募集の間口を広げた曹操の下には、多くの有能な人材が集まったが、彼の関心事は、軍事や政治経済の方面ばかりでなく、文化政策の面にも及び、自由な雰囲気の下に才子を集めて文学サロンを経営していたらしい。その頃の曹操のサロンで活躍した主たるメンバーは、魏文帝曹丕の「典論論文」に見る通りである。

しかし、曹操が生前描いていた理想を具現したのは、彼の長男曹丕であった。建安二五年（二二〇年）献帝の譲りを受けて即位した魏文帝は、年号を黄初と改め（同年一〇月）、魏国を建国した。以来没するまでの約五年間に彼は父親の遺志を継いで次々に重要な政策を実現していった。すでに述べたように、文化的事業としては、勅撰類書「皇覧」一二〇巻の編纂があり、学問の範を示すために著した典論五巻があった。それに、先に第二章にまとめた「列異伝」三巻があり、その内容は、すでに見た通り民間伝承である。内容に関する考証めいたことはすでに述べたので、編纂目的と思われる要点だけを繰り返せば、この狙いは、伝承説話の持つファンタジーにあったと思われる。枯渇してしまった文章に生命を吹き込む力を、制約されることを知らないファンタジーに見たと思われるのである。その正否はともかく、「列異伝」の内容は、全て民間伝承であった。無作為に集めた多くの説話を、主題の持つ事項によって分類し、話ばかりを集めた類書として編成したものであった。

これが、中国で始めて編纂された伝承説話集だったのである。爾来六朝を通じて、いろいろ個性ある伝承説話集が作られた。東晋の干宝の「捜神記」は、著者自身の置かれた社会的階層及び一般庶民の伝える伝承説話を、歴史家の問題意識を持ってまとめ得た傑作といえようか。元は全て三〇巻あったと伝えられる。「列異伝」の次に現れた伝承説話集として、「列異伝」と共通する説話を一九種程収めている所から、「列異伝」の逸文の欠けた所を補うのに利用できた。しかし、「捜神記」ができたのは、「列異伝」より約六十年程経っている時期で、この間には、社会状況にもかなりの変化があったと思われ、「捜神記」の内容には、晋朝時代になってからの社会矛盾もかなり響いているように思われる。

二十巻本「捜神記」の逸文数四六四種は、六朝志怪集の中でも群を抜いているが、それに次いで逸文を多く残すものとしては、宋の劉敬叔の「異苑」があり、三八三種の話を残しているが、文章は非常に簡略である。明の胡震亨が臨安の本屋の古本の山の中から発見したものといわれ、全一〇巻が秘冊彙函《ひさついかん》を経て、汲古閣の津逮秘書《しんたいひしょ》に収まっている。本書第二章第六節「妖怪退治とタブー」に引用した「亀と桑の木」のような整った面白い話もあるが、粗筋だけを二、三行にまとめた簡略なものが多い。中には、「譬喩経」の鸚鵡《おうむ》の話をそのまま引用したものも混じっている（〔注〕参照）。

逸文の数の上でこれに続くのは、同じく宋の劉義慶の「幽明録」で、魯迅の「古小説鉤沈」が二六五種の逸文を集めている。折から、巫祝信仰・仏教信仰・道教信仰などの宗教各派が激しい布教合戦を展開している時期で、その様子を反映した話が多く、興味深いものがある。

他は、逸文の数もより少ないものばかりだが、「隋書経籍志」雑伝類の挙げているものだけでも、三十数種を数える六朝志怪書が編まれていたらしい。その数多い志怪集が、それぞれ個性を持って編まれていたのだろうが、どれにも共通する所は、いずれも収められているのは、ファンタスティックな物語ばかりであるということである。それが「志怪」の名の由来であるわけだが、この数の多さについては、従来時代の不安材料の多さが指摘されてきた。怨みの血が旗竿を逆流するように、不安が昂じて恐怖として表現されるに至る場合もあれば、不安からの逃避の形で、幻想の世界に憧れることもあるというわけである。確かにそういう話もあり、世相が不安な時期には、そういう話が多かったであろうことも頷けるが、我々は「列異伝」の逸文に、もっとのどかなものを見たはずである。もっとのびのびとした想像の世界が広がっていたはずである。人が神と交わる話もあり、神から人が神になるよう誘われる話もあった。幽霊を売って金を儲けた男もいたし、妖怪の真似をして大金をせしめた男もいた。

そういうファンタスティックな世界に人の想像力の領域を広げる目的を持って、中国で初めての伝承説話集「列異伝」が作られたと私は考えたい。

しかし、無論話の世界は、志怪のかもし出すファンタスティックなものばかりではなかったのであり、劉義慶の「世説新語」に見るような、現実の人間社会を描写した逸話もあった。後世、志怪小説に対して、志人小説と呼ばれるのがそれであり、劉義慶は一人でそれを書き分けていたのである。その他にも、書誌の雑伝類を見れば、列士伝、列女伝を始め、列仙伝、神仙伝、高僧伝、孝子伝の類から、各地方ごとの先賢伝や耆旧《ききゅう》伝などの書名が並んでおり、これらは、全て説話スタイルの話なのである。そしてそういう人間にまつわる伝説や伝記、逸話や寓話それに唐代伝奇のような創作された話などの全てを集めて作られた話ばかりを集めた類書が「太平広記」だったのである。従って、「太平広記」の説話分類は、話の種類には関わりなく、全てを事項別に分類するより他に方法がなかったのであった。一体どうしてそういうことになったのかと言えば、企画を立てる当初から、編纂の目的が「列異伝」の場合とは全く違っていたのである。科挙の制度が実施されて以来、北宋に至るまでの間に、世の知識人の層が以前とは比べ物にならないほど厚くなっていたのである。北宋の政府はまずその知識人層の懐柔から図らなければならなかった。そこで企画されたのが、例の四大編纂事業であった。「太平御覧」一〇〇〇巻、「文苑英華」一〇〇〇巻、「太平広記」五〇〇巻、「冊府元亀」一〇〇〇巻。この膨大な書籍の編纂事業は、とにかくよりたくさんの学者を動員することが目的であったから、話ばかりを集めた類書「太平広記」五〇〇巻も、できるだけ多くの書物から、できるだけたくさんの話を集める事がどうしても必要な条件であった。そしてそのたくさん集められた話を、話の種類によって分類するのではなく、話の主題の持っている事項によって分類したのである。その際に分類に困ったのが、唐朝の後半期に入ってしきりに作られるようになってきた唐代伝奇であった。唐代社会の機微を穿ち、その中に生きる人間の感情を描写することによって、それぞれの作品が独自の主題を表わしている伝奇小説を既成の事項に当てはめて分類することは不可能で、結局「雑伝記」としてまとめることになったのであった。

〔注〕今日でも僧侶が信者のために説話を引用し聴かせることはよくあることだが、この話の如きは、六朝時代の布教合戦の中で、しばしば語られた古典の名作であったろう。純粋な動物説話として印度から伝わったと思われる古い話である。以下に翻訳を添えておく。——ある時鸚鵡が一人で旅をし、よその山に泊めてもらったことがあった。

その山の動物たちは、彼をとても大切にもてなしてくれた。鸚鵡は思った。ここはとても楽しいが、いつまでも世話になってはいられないな。そこで、皆に礼を言ってまた旅に出た。それから数ヶ月して、あの山に山火事が起こった。鸚鵡は遠くからそれを見て、すぐに川に行って羽を濡らし、飛んでいって水を振りかけた。それを見ていた天の神様が言った、「お前の気持ちは分かったが、そんなことでは役に立つまい。」すると鸚鵡が答えた、「役に立たないのは分かっているのですが、以前にあの山に泊めてもらったことがあり、山の仲間はとてもよくしてくれました。皆兄弟なのです。これが見棄てておれますか。」天の神様は、その答えを聞いて感動されすぐに彼を手伝って火を消して下さったのでした。（「旧雑譬喩経」巻上、二三「大正新修大蔵経」第四巻、三一五頁）

跋

太古の史官の歴史語りや漢六朝の講釈師の「講史」、それに小説語りの芸人の「小説」と、種類を分けて狭義の語り物の文章を見たが、数が限定されていて、どうしても不足の感を免れない。しかし、これだけの資料からでも、中国古代の宮廷内における語り部の実態や、民間の語り物芸人の語りの様子などをうかがうことはできる。

また、広義の語り物の記録として、六朝志怪を見たわけだが、こちらの方は原話を簡略化した記録であるため、実際の語り方を考えようとすれば、先の狭義の語り物の実例に見た語り口調を重ね合わせて想像するしかない。しかし、志怪の文章からも、語られていた話の概容を読み取ることはできる。そして、何よりも三世紀という早い時点で採集された中国の民間伝承を読めるのがいろいろな意味で有益である。後世の昔話の祖形をそこに見ることもできるし、当時の中国の文化の重層構造を知ることもできる。

以上、本書に見た語り物の歴史は、中国の比較的古い時代のものだが、文献資料の豊富な中国の語り物の歴史は、近現代まで脈々と辿れる条件を残しているのである。

この小さな冊子の中にも幾つかの問題提起はあるはずだが、中国の語り物に関する研究はまだ出発して間もないものであり、これだけの論述の中にも今後改変されるべき多くの問題を残しているかも知れない。有識者の御批正を待つ所である。最後に、この本の出版を取り決め、実行して下さった東方書店の方々に心より感謝申し上げる。特に長い間相談に乗っていただきアドバイスを賜った川崎道雄氏、及び具体的な作業、特に表記統一等に関して御苦労の多かった家本奈都さんには、衷心より謝辞をお送りする。

二〇一七年一〇月吉日

著者記す

説話集と小説年表

時代	説話集・小説事項	西暦	関連事項
後漢		二五	光武帝即位。後漢王朝起る。
		五七	倭の奴国後漢に入貢。
		六五	明帝蔡愔を西域に派遣し、伝教を求めさせる。
		六八	白馬寺を建立。
	（「漢書芸文志」の小説規定）	八二	この頃、班固の「漢書」成る。
		九二	班固獄死す。
		一〇〇	この頃、許慎「説文解字」成る。
	（「論衡」訂鬼篇）		この頃、王充没（二七～）。「論衡」
		一〇五	この頃、蔡倫製紙法を発明。
		一二六	この頃、王逸「楚辞章句」成る。
		一五六	張陵没（三四～）。天師道の始祖。
		一六六	馬融没（七九～）。
			李膺ら二百余人、党人として投獄さる。（党錮の獄）。
		一七五	石経を太学門外に立てる。
		一八四	黄巾の乱起る。
		一八九	董卓の乱起る。
		一九二	蔡邕乱に巻き込まれ、殺される（一三二～）。

後漢	（「風俗通義」）	一九六	曹操洛陽に至り、献帝を迎えて許に移す。
		一九七	この頃、応劭「風俗通義」成る。
		二〇〇	鄭玄没（一二七～）。
	（建安文学）	二〇八	孔融没（一五三～）。 曹操赤壁に敗れ、三国鼎立へ。 この頃、曹氏一族と建安七子を中心に、いわゆる建安文学の活動盛ん。
		二一七	王粲没（一七七～）。「七哀」 劉楨没。応瑒没。陳琳没。「飲馬長城窟行」
		二一八	徐幹没（一七一～）。「中論」
		二二〇	曹操没（一五五～）。（魏武帝）
三国時代			文帝曹丕禅譲により即位。魏朝を起す。 九品官人法（九品中正の制）制定。
		二二六	文帝曹丕没。
		二二七	諸葛亮（孔明）「出師表」を著す。
		二三二	曹植没（一九二～）。
		二三四	諸葛亮没（一八一～）。
		二四九	何晏没。王弼没（二二六～）。
		二六〇	この頃、竹林の七賢在世。

三国時代	「列異伝」	二六二	嵇康殺される（二二三〜）。
		二六三	阮籍没（二一〇〜）。 この頃、「列異伝」成る。 蜀滅ぶ。
		二六五	魏滅び、晋の武帝司馬炎即位す。
西晋	（「博物志」）	二八〇	呉滅び、晋中国を統一。 山濤没（二〇五〜）。 杜預没（二二二〜）。「春秋左氏伝注」
		二八五	陳寿「三国志」成る。
		二九七	陳寿没（二三三〜）。
		三〇〇	張華没（二三二〜）。「博物志」 潘岳没（二四七〜）。石崇没（二六二〜）。 劉伶没。 八王の乱起る。
		三〇三	陸機没（二六一〜）。陸雲没（二六二〜）。
		三〇五	左思没「三都賦」「詠史詩」
		三一一	この頃、潘尼没。
		三一六	西晋滅ぶ。

東晋		三一八	東晋の元帝即位。
		三二四	郭璞殺される（二七六〜）。「山海経注」
		三三〇	王導没（二六七〜）。
	「捜神記」		この頃、干宝の「捜神記」成る。
		三三六	この頃、干宝没。
		三五三	蘭亭の会。王羲之「蘭亭序」
		三七〇	この頃、葛洪没。「抱朴子」
		三七九	王羲之没（三二一〜）。
	（「拾遺記」）	三九〇	王嘉没。「拾遺記」
		三九九	法顕、印度へ求法の旅に発つ。
		四〇三	桓玄帝位簒奪。翌年、敗死す。
		四〇五	陶淵明「帰去来辞」
			鳩摩羅什、後秦の国師となる。
			慧遠没（三三四〜）。「沙門不敬王者論」「形尽神不滅論」
		四二〇	東晋滅び、宋武帝劉裕即位。
宋		四二二	法顕没。宋武帝劉裕没。
	「桃花源記」		陶淵明没。「桃花源記」
		四三三	謝霊運刑死す（三八五〜）。

宋	「幽明録」「世説新語」「宣験記」	四四四	劉義慶没（四〇三〜）。「幽明録」「世説新語」「宣験記」
		四四五	范曄没（三九八〜）。「後漢書」
		四五一	裴松之没（三七二〜）。「三国志注」
		四五六	顔延之没（三八五〜）。
		四六六	鮑照没（四〇五〜）。
	「異苑」	四七〇	劉敬叔没。「異苑」
	「斉諧記」		この頃、東陽无疑「斉諧記」を著す。
		四七九	宋滅ぶ。蕭道成、斉を建国。
斉		四八〇	沈約ら四声の法則を発見。
			永明体の詩起る。
		四九〇	竟陵の八友、蕭子良の西邸に集まる。
		四九二	沈約「宋書」成る。
		四九四	竟陵王蕭子良没（四六〇〜）。
		四九九	謝朓没（四六四〜）。
	「冥祥記」		この頃、王琰の「冥祥記」成る。
		五〇二	斉滅ぶ。梁の武帝蕭衍即位。
		五〇三	范雲没（四五一〜）。
		五〇四	仏教を国教とする。

梁	「述異記」	五〇八	任昉没（四六〇～）。「述異記」
		五一三	沈約没（四四一～）。
		五一八	鍾嶸没（四六九～）。「詩品」
	「続斉諧記」	五二〇	呉均没（四六九～）。「続斉諧記」
			劉勰没（四六四～）。「文心雕龍」
		五二一	劉孝標没（四六二～）。「世説新語注」
		五二七	酈道元没。「水経注」
	「小説」	五二九	殷芸没（四七三～）。「小説」
		五三一	昭明太子蕭統没（五〇一～）。「文選」
		五三七	蕭子顕没（四八九～）。「南斉書」
	（「洛陽伽藍記」）	五四七	この頃、楊衒之「洛陽伽藍記」成る。
		五四八	侯景の乱起る。
		五四九	梁の武帝城中に餓死す。
		五五一	簡文帝殺される。
		五五二	庾肩吾没（四八七～）。
		五五四	元帝没（五〇八～）。
		五五七	梁滅ぶ。陳の武帝陳覇先即位。
陳		五八一	庾信没（五一三～）。
	（「玉台新詠」）	五八三	徐陵没（五〇七～）。「玉台新詠」
		五八七	隋文帝中国統一を前に、科挙制度を制定。

隋		五八九	隋中国を統一。
		五九一	顔之推没（五三一～）。「顔氏家訓」「冤魂志」
		六一八	二月、煬帝殺され、五月、隋滅ぶ。
唐			李淵唐を建国。
	「古鏡記」	六二七	この頃、王度「古鏡記」成る。
	「補江総白猿伝」	六四一	この頃、無名氏「補江総白猿伝」成る。
		六四六	玄奘「大唐西域記」成る。
	「冥報記」	六五一	この頃、唐臨「冥報記」成る。
		六九〇	則天武后即位。国号を「周」と改める。
		七一二	玄宗即位。
	「遊仙窟」	七四〇	この頃、張鷟没。「遊仙窟」
		七四四	楊太真入内し、翌年貴妃。安史の乱の発端。
	「紀聞」	七五九	この頃、牛粛没。「紀聞」
		七六一	王維没（六九九～）。
		七六二	李白溺死す。
		七六三	安史の乱平定。
		七七〇	杜甫没（七一二～）。
	「離魂記」	七七九	この頃、陳玄祐「離魂記」成る。
	「任氏伝」	七八一	沈既済「任氏伝」成る。

唐

	七八五	顔真卿、反逆者李希烈に殺さる（七〇九～）。
「枕中記」	七九〇	この頃、沈既済没。「枕中記」
「李娃伝」	七九五	白行簡「李娃伝」成る。
「柳氏伝」	八〇〇	この頃、許尭左没。「柳氏伝」
「南柯太守伝」	八〇二	この頃、李公佐「南柯太守伝」成る。
「鶯鶯伝」	八〇四	この頃、元稹「鶯鶯伝」成る。
「霊怪集」		張薦没。「霊怪集」
「長恨歌伝」	八〇六	この頃、陳鴻「長恨歌伝」成る。
「異夢録」	八一五	この頃、沈亜之「異夢録」成る。
	八一七	李賀没（七九〇～）。
「謝小娥伝」	八一八	この頃、李公佐「謝小娥伝」成る。
「河間伝」「李赤伝」	八一九	柳宗元没（七七三～）。「河間伝」「李赤伝」
	八二四	韓愈没（七六八～）。
	八二六	白行簡没。「李娃伝」
「秦夢記」	八二七	この頃、沈亜之「秦夢記」成る。
	八三一	元稹没（七七九～）。「鶯鶯伝」
	八四六	白居易没（七七二～）。
「玄怪録」	八四七	牛僧孺没（七七九～）。「玄怪録」
（「雑纂」）	八五八	李商隠没（八一二～）。「雑纂」
「集異記」		この頃、薛用弱「集異記」成る。

唐	（「酉陽雑俎」）	八六三	段成式没。「酉陽雑俎」
		八七五	黄巣の乱起る。
	「伝奇」	九〇〇	この頃、裴鉶「伝奇」成る。
	「杜子春伝」		この頃、「杜子春伝」成る。
		九〇四	朱全忠昭宗を殺す。
		九〇七	哀帝退位し、唐滅ぶ。
五代	（この頃の作品）		
	「霍小玉伝」		蔣防「霍小玉伝」
	「続玄怪録」		李復言「続玄怪録」
北宋		九六〇	趙匡胤即位し、宋を建国する。
	「北夢瑣言」	九六六	孫光憲没。「北夢瑣言」
			四大勅撰集の編纂が始まる。
	「太平広記」	九七八	「太平広記」五〇〇巻成る。
	（「文苑英華」）	九八二	「文苑英華」一〇〇〇巻成る。
	（「太平御覧」）	九八四	「太平御覧」一〇〇〇巻成る。
	（「冊府元亀」）	一〇〇五	「冊府元亀」一〇〇〇巻成る。
	「楊太真外伝」	一〇〇七	楽史没（九三〇〜）。「楊太真外伝」
	「志異」	一〇一七	陳彭年没（九六一〜）。「志異」
		一〇七二	欧陽脩没（一〇〇七〜）。

（「資治通鑑」）	一〇八四	司馬光「資治通鑑」成る。
「夢渓筆談」	一〇九三	沈括没（一〇二九〜）。「夢渓筆談」
	一一〇一	蘇軾没（一〇三六〜）。
	一一二六	開封陥落し、皇族が金に拉致される。靖康の変。
	一一二七	北宋滅び、高宗南遷し、南宋を起す。

図版出典一覧

1ページ　連理樹

『中国巴蜀新発現漢代画像磚』高文編、四川美術出版社、二〇一六年

71ページ　説唱陶俑

『図説中国工芸美術史』尚剛、香港中和出版有限公司、二〇一六年

85ページ　承塵

『明清家具』陳燮君編、華東師範大学出版社、二〇一四年

110ページ　戈、戟

『大漢楚王　徐州西漢楚王陵墓文物輯萃』中国国家博物館・徐州博物館編、中国社会科学出版社、二〇〇五年

124ページ　ほとぎ

『西清古鑑』（『大漢和辞典　巻九』諸橋轍次、大修館書店、一九五八年）

157ページ　説唱俑

『文物』一九五九年第一〇期、文物出版社、一九五九年

六朝説話集関係地名所在図

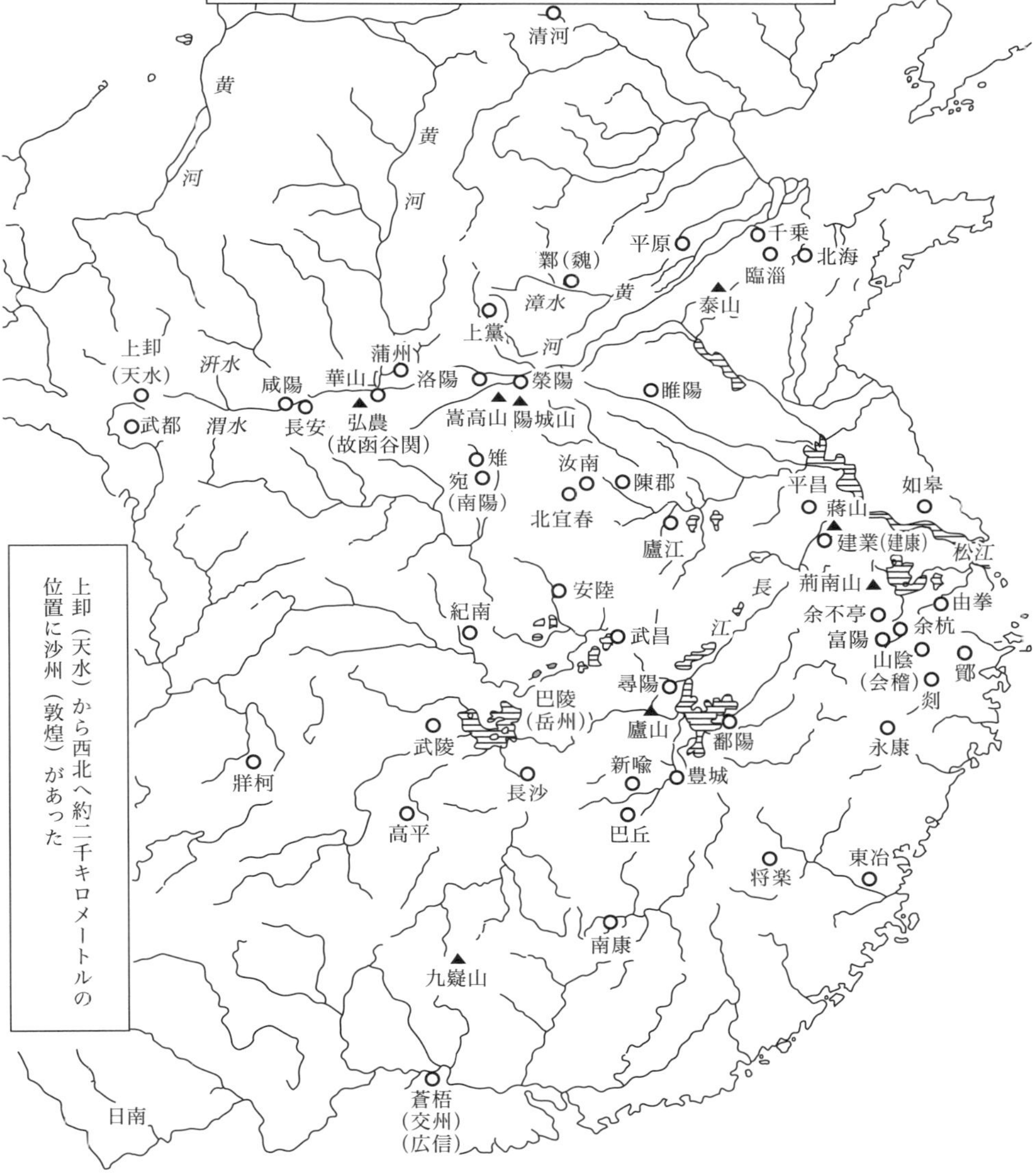

著者略歴

高橋稔（たかはし　みのる）

1936 年東京都に生まれる。東京大学大学院人文科学研究科中国文学専攻博士課程単位取得退学。私立武蔵学園高等学校教諭を経て、1974 年東京学芸大学講師、翌年助教授、1977 年教授就任。1993 年山形大学教育学部教授。2001 年定年退職。語り物研究者。著書に『中国説話文学の誕生』（東方書店）などがある。

古《こ》代《だい》中国《ちゅうごく》の語《かた》り物《もの》と説話《せつわ》集《しゅう》

二〇一七年一一月一五日　初版第一刷発行

著　者●高橋　稔
発行者●山田真史
発行所●株式会社東方書店
東京都千代田区神田神保町一―三　〒一〇一―〇〇五一
電話〇三―三二九四―一〇〇一
営業電話〇三―三九三七―〇三〇〇
装　幀●クリエイティブ・コンセプト（松田晴夫）
印刷・製本●株式会社平河工業社

定価はカバーに表示してあります

ISBN978-4-497-21714-1　C0098
乱丁・落丁本はお取り替えいたします。
恐れ入りますが直接小社までお送りください。

小社ホームページ〈中国・本の情報館〉で小社出版物のご案内をしております。http://www.toho-shoten.co.jp/